母へのラブレター3

「母へのラブレター3」発刊委員会・編

文芸社

『母へのラブレター3』もくじ

お母さんに幸せを

逢坂　明穂　青森県

お母さん、今は幸せですか？

お母さんとひどく喧嘩をして戸籍と親権を、すべてお父さんのほうにしたあの日、自分なりに一人泣いて考えて出した答えが、お母さんと別れるという決断だった。今思うとどこかで、後悔している部分もあるかもしれない。ごめん。

当時私は、私立高校に通っていたから生活費だけでいっぱいなのに、高校の授業料も払って、疲れていくお母さんを見ているのが、心のどこかでいやになっていたのかもしれない。

お母さんが私達、姉弟三人を無理して引きとったあの日から、私は自分に正直に生きていくことに不器用になっていた。

だから、幼い頃お父さんに会う時は、私だけ会わないようにしていた。母方の祖父母は世間体を気にしているせいか、プライドが高く、離婚したお父さんを嫌っていたのを今でも覚えています。私は、弟二人を会わせ自分は嘘をついて、行きたくないとお父さんに言ってしまった。

その方が、私達のことでけんかもせずにすむと思ったからだった。お父さんが会いたいと来るたびにそれを言うのは、幼かった私にとってはつらいことでしかなかった。

お母さんの家を出てしまった私は、しばらく連絡をとらなかったね。お母さんがほとんどしていた洗濯やご飯の支度は、今はだいぶできるようになったよ。

小学校、中学校、高校での学校行事、参観日に来なかったお母さんだったけど、学生最後の高校卒業式には、お父さんがいてもできれば見に来てほしかった。

就職して今は、お父さんの実家の会社で、働いているので少しずつだけど、役に立っているのかなぁと思う。でも、毎日が自分にとっては新鮮で学ぶことができて楽しいよ。怒られることや、つらいこともあるけど自分にとっては、大切だと思っているよ。

そして私自身は、お母さんから卒業したかったのかもしれない。どこかで自分の気持ちに嘘をつきたくなるときや正直になれないときは、お母さんに甘えていた自分自身が嫌だった。本当の私自身の気持ちを出すとまた迷惑になるとずっと思っていた。

でもね、今はそんな弱い心でいた自分を受け入れてみんなから信頼されるような人間になりたいと思い、毎日を生活しているよ。

あの時、生まれてこなければこんなことにはならなかった。と思っていた日々もあったけど、私が生きている楽しさ、愛することの大切さに気付くことができたのも、お母さんが私を生んでくれたからだと思っているよ。私、生んでくれて心から感謝しているよ。ありがとう。

私は、私が幸せだと思えるような人生を歩んで生きていきます。お母さんも、幸せだと思える人生を歩んでほしいと心から願っています。

お母さん、人生って愛がたくさん詰まってて幸せだよ。

介護を通して

稲見　弘子　神奈川県

母は成人してから難聴がひどくなった為、小説や雑誌をひとり静かに読んでいる事が多かった。子が無かった私は離婚して、「ここへ来たらいい」と母が言ってくれたので、母が74歳の時、同居するようになった。その時既に母は要介護1と認定され、デイサービスへ通所したが、難聴もあってか孤立し、疎外感が強かったらしい。その後、足も弱り認知症も進み要介護4となり、デイサービスも止め、とうとう、ずっと家に居るようになった。珍しく外食したいと言うので車椅子でファミレスへ行くと、いつもテレビをよく見ているせいか、「宇宙人ジョーンズも連れてくればよかった」などと、そっと言う。

私が散歩の帰り川辺の花を摘んでくると、母は喜んで談笑することもあり、いつもの「養子をとる」の夢物語が始まる。私が、想像上の養子の似顔絵を描くと、母は、目がきついだの何だかんだと言っていたが、似顔絵に3・15と自分の誕生日の日付を書き入れていた。

食が細くなり、一日2食がやっとで、はらはらしながら、いろいろ工夫して食べさせている。

何を思ったか、アイ・ラブ・ユーと私に言う。心の中で、私だってアイ・ラブ・ユーだと思う。

引きこもりがちだったが、春になって車椅子で何度も外出した。たいていは公園へ行ったり、藤棚の下でおにぎりを食べたりするのだが、図書館へ入って、本の背表紙だけ眺めて、ハハハと笑うこともあった。

暑い日など、公園の自販機のアイスの前に、小さい子たちが沢山来るので、「家庭の躾がわかる」などとえらそうに言う。

嫌がる入浴を、やっとの思いで介助していると、不自由になった足で何とか自分で湯舟から出ようとする母が、「私の体を押さえていて」と言う。母の体を胸に抱きとめれば、その温もりが私の体の芯に拡がってゆく。骨肉の情が熱く湧く。

このごろ起き上がれなくなり、スプーンで食べさせる。温めた牛乳を吸いのみで飲ませる時など、赤ちゃんみたい、と思う。

みかんをむいて一つぶ一つぶあげると、「抜け歯の申請に行こうと思っていたのに……」と言って口をもぐもぐさせている。母も私ものんき気なのだ。

兄は、母が入浴を嫌がるし、皆とも喧嘩してしまうので、入院させた方が良いと考えている。

小学一年生や、生まれたばかりの、母のひ孫たちが、遊びに来てくれないかなぁ、と私は思っている。

拝啓　お母ちゃん

卯月　雪花菜　長野県

拝啓　お母ちゃん

こうして手紙を書くのは、初めてですね。いつもお母ちゃんは私の一番近くに居てくれたから、常に話しかけていたので。

でも、お母ちゃんに手紙を書きたくなったのは私の年齢が、お母ちゃんが別の世界に旅立った年齢に、近くなってきたからかも知れません。

お母ちゃんには、結婚相手の紹介も結婚式も、孫の顔を見せる事も、何一つ間に合わなかった。そして、私の産んだ子どもたちに、お母ちゃんを会わせる事もできなかった。

これが、私の後悔。

私の友達は、自分を産み育ててくれたお母さんに、色んなアドバイスを貰いながら、子育てをしていた。でも、私はただお母ちゃんが私にしてくれたように、私も自分で産んだ子どもたちを育てていただけ。我が子の個性を尊重して、大切に明るく、愛情いっぱいに。一緒に遊びながら家事を教え、お散歩をしながら景色を楽しむ。

そしたら、成人した娘に言われたよ。

「ママの子に生まれて良かった！」って。

お母ちゃんは、言ったよね。

「お前は、幼い頃から周りの子どもたちとは、チョット違っていたよ」

お絵描きと読書が大好きで、走りまわって泥だらけになって遊ぶ事が大好きで。おマセで元気で泣き虫で。

お母ちゃんは、そんな私を育てることが大変でも、苦労する素振りも見せず、嬉しそうに言ったんだ。まるで、そんな子育てが愉しかった、とでも言うかのように、笑いながら。

そして、私は自分が少しも窮屈な思いをする事なく、大人になっていた事に気付いた。

そう、自分が母親になって初めて。

だから、お母ちゃんのように自分の子育てをしたんだよ。とても、子育ては楽しかったし、子どもたちが成人式を迎えても尚、私と子どもたちはとても仲良しで。まるで、友達かきょうだいでもあるかのように。

アノ頃の、私とお母ちゃんのように。

お母ちゃん、知ってた？　お母ちゃんが、話してくれた身の上話は、いつも私を元気にしてくれたって事。こんなこと、照れ臭くて、お母ちゃんに話した事は無かったけれど、今でもハッキリとお母ちゃんの話は覚えているよ。

戦時中に生まれて、いくつもの戦争を見送って、父親を亡くした事。戦後の貧しさで、口減らしのため子どもの頃に親元を離れて東京の親戚の家に奉公に出された事。そこで、とてもコキ使われて辛くて、逃げ出した事。群馬県の美容室に飛び込みで弟子入りを申し込んで、住み込みで雇って貰った事。けれど、そこでは、家事と猫の世話とお客さんの連れて来る子どもの子守りばかりで、美容技術なんて教えて貰えなかった事。当時美容師免許取得には美容学校と国家試験が必要と法整備され、出来たばかりの美容学校に微々たる給金をコツコツと貯めたお金で入学した事。そこで、一生懸命に勉強をした事。

美容師と管理美容師の資格を取って、東京でインターン時代に貯めたお金を抱えて、故郷に帰った。そして、実家の片隅を改造して美容室を開業した。それが、町内で最初の美容室だった。そして、お母ちゃんの稼いだ収入で、自分の母親と弟たちを養った。

私が高校生になった頃、「これからは、女も資格を取って社会で生きる時代になるよ」

そう言いながら、お母ちゃんが見せてくれた古ぼけた大学ノート。良く覚えているよ。お母ちゃんらしい几帳面な文字で、ビッシリと埋められた、美容学校の講義ノート。そこに丁寧に描かれた人体図には、赤と青の色鉛筆で、動脈と静脈が分けられていたっけ。

私はお母ちゃんの身の上話と大学ノートに、教えられたんだ。自分の恵まれている環境を。両親と暮らせるという事が、幸せだと言う事を。学校で学べるという事が、幸せだと言う事を。

自分の生まれた環境に恵まれないだとか、自分の思い通りの環境にないだとか、だから自分は不幸だとか。そんな考えは、単に自分を甘やかしているだけだって事をお母ちゃんは教えてくれた。環境は自分の努力次第で変えられる。だから一生懸命生きろ、と言う事を教えて貰った。

そして、そんなお母ちゃんに生み育てられた事が、幸せだと言う事をしみじみと感じたんだよ。

こんなお母ちゃんの事を、もっと私の生んだ子どもたちに伝えたい。お母ちゃんを、もう一度蘇らせたい。私に、細胞の一部から、お母ちゃんを再生する能力があったならば。

でも、そんなアニメや映画のような事は、到底できるはずもなく。そんな事は、最初から分かっていたけれど、何か方法はないものかと考えたんだ。

——お母ちゃんを蘇らせる方法——


それが、あったんだよ。私にも出来る、そんな方法が。

それが「小説」！　伝記でも論文でもなく、小説だと気付いたんだ。

リアルタイムでお母ちゃんが息づいていて、その状況がまるで「今」起きているかのように、目の前に浮かんでくる。お母ちゃんの人となりが、等身大で伝わってくる。

そんな、お母ちゃんの人生を描いた小説。

私は、そんな小説を書いて、私の子どもたちにお母ちゃんを伝えたいと思い至ったんだ。

上手に描けるか分からない。いつ、書きあがるかも分からない。でも、いつか必ず、書きあげたいと思っているんだ。

文字で、文章で、お母ちゃんをもう一度この世に蘇らせる事が出来ると考えたから。『あなたたちのお婆ちゃんは、こんなにガンバリ屋さんで、しなやかでステキな人だったんだよ！』とお母ちゃんの孫たちに伝えるために。


最後になりましたが、お母ちゃん。私は、後悔などしていませんよ。お母ちゃんが末期癌だと分かった時に、私がお母ちゃんの看病についた事。最期の一瞬まで病院で寝泊まりした事。

そのために、高校時代から興味を抱き大学で学んだ考古学を生かした専門の職に就きながら、仕事を辞めてしまった事。

後悔はしていません。

だってアノ時、お母ちゃんの傍に居ることを選択しなければ、私は一生後悔し続ける事になると思ったから。だから、仕事を捨ててお母ちゃんを看取ることを選んだ。

私は、何も後悔する事なく、今を生きている。考古学も時々やりながら、毎日を充実させているよ。

だから、心配しないでくださいね。


あ、それから。十四年後輩でお母ちゃんの元に旅立ったお父ちゃんも元気ですか？ 二人で見ていてくださいね。私は、今できることを懸命に頑張るから。お母ちゃんに恥ずかしくないように、生きるから。


いつか、私がお母ちゃんやお父ちゃんの元に行く日が自然に来たら、一緒にお酒でも呑みましょう。

では、その日まで。

お元気で、いつかまた会いましょう。

敬具

大好きなお母ちゃんへ
あなたが生んで育ててくれた娘より

も一度言って〝大丈夫〟

堤　洋子　栃木県

「神様には願い事をするのではなく、感謝をするもの」と以前、新聞で目にしたことがあります。でも、神様に、私、やっぱりお願い事があります。神様、どうか私に翼を下さい。いつでも、どこにでも自由に飛んでゆける翼を下さい。もし私に神様が翼を下さったなら、母さんの病室の窓辺にすぐに飛んでゆきます。そしてベッドに横になる母さんを一日中見守っています（少々重たい体を支えることができる、丈夫な翼をお願いしますね、神様）。

直腸ガンの手術を受けて半年後、脳梗塞で倒れた母。それは、東日本大震災の直後でした。余震が続く五日後、病院へかけつけた私が目にした母さんは、グッタリとしてベッドに横になっていましたね。意識がまるでなく、昏々と眠る母の姿がそこにありました。「母さん」と呼びかけ、そっと握った手さえ、ダラリとしたままでした。体の自由も言葉の自由も、全て停止した母でした。

でもね、母さん、そんな母さんを目にしても、なぜか私は涙が出ませんでした。心のどこかで「母さんは大丈夫。きっと大丈夫」と呟いていました。思えば、直腸ガンの告知を受け、大手術をしたあの時も、私は不思議と涙は出ませんでした。決して強い心を持つ私ではないのに——、薄情と思われるかもしれないけれど——、なぜだろう？

遠い昔の記憶と繋がりました。中学生の頃から、病気ばかりしていた私。度々の入院と二十歳まで続いた通院。その度に「母ちゃん、母ちゃん」と後を追う九歳下の弟。その小さな弟を、四歳上の姉に預けて、私に付き添ってくれた母。私の手を握り「だいじ（方言で大丈夫、大切の意）だいじだから——」と何度も言ってくれた母。中学生だった私には、まるで魔法の言葉でした。この時の母さんの声「だいじ」が私の心に聞こえてきました。

母さんが病気になって三年半。もう何度も母さんの夢をみました。夢の中の母さんは、元気！　元気‼　よく食べる。よく笑う。よく動く。そして、私の名前を何度も呼んでくれる。

自分が若かった時は、当然母も若かった。年を取ることの意味さえ知らずにいた娘だけれど、今は、八十五歳になる母に教わることがいっぱい。近すぎて気付かない小さな幸せに、改めて気付くことができた三年半でした。

母さんがそこに居てくれる。「ああ幸せ」こんなにもかけがえのない母の存在。子を思う母の愛情、夫婦の愛情……。みんな母さんが教えてくれました。

いつの間にか、すっかり細く、白くなった母さんの手。その母さんの手をぎゅっと握った時、母さんの温かい心に触れることができます。六十歳の私が、子どもに戻る瞬間です。命って永遠でないことは、頭ではよく分かっています。でも、母さん、もう少し、あなたの子どもでいさせて下さい。

母さんの病室に入るとすぐに「こんにちは。今日は○月○日。○曜日。時間は○時○分。お天気は……」に始まり、その時咲いている花の名前とか、話題のニュースとか。私が一方的におしゃべりをします。そして、母さんの顔を拭いて、髪をブラシでとかして「母さん、きれい。美人だよ」と言う私の言葉に、母さん、目許が少し笑ったような……。

こんな一方的なおしゃべりが長いこと続いていたある日。「お母さんが話しましたよ」と病院から連絡がありました。「えっ、母が話した?」

脳梗塞で倒れてから二年半。家族の問いかけに「うんうん」と辛うじて頷くものの、会話とは程遠いものでした。突然のことに驚きつつも、嬉しさが込み上げてきました。母の声が聞けた喜び。私の方が言葉を失っていました。

医学的なことは分かりませんが、母の「もう一度、家族と話がしたい。私の声を覚えていてほしい」この一途な思いが、言葉となって母の口から出てきたのでしょうか？　それとも、頑張る母への神様からの贈り物なのでしょうか？　とはいえ、母にとって会話をすることは、体力的に相当きついもの。今日一日おしゃべりをしたと思ったら、次の日から一週間、十日、会話は休みの母。元の母に戻って「うんうん」と頷くだけです。でも、それでもいいよ、母さんの優しい声が聞けるんだから……。

言葉を口にした母さんが最初に言ったのは「おうちに帰りたい」私が母さんを見舞う度、この言葉、何度も繰り返していたね、母さん。「ご飯をいっぱい食べて（鼻からの栄養ですが）、もっと元気になったら、おうちに帰れるからね」こんな返事しかできない自分を、心の中で詫びる日々でした。

吹く風に季節の移ろいを感じ始めた頃、いつの間にか「おうちに帰りたい」と言わなくなった母。母さんの頭の中では、あれほど帰りたかったおうちに、母さんの心が届いていたんだね。「（退院できて）よかったよ。（退院できて）嬉しいよ」元気だった頃の母さんと同じ口調で、笑顔で、こう言うね。それでもいいよ、母さんの喜ぶ顔が見られるんだから……。

「大切な人のために流す涙がかけがえのないものであると知った時、悲しい時だけでなく、温かい気持ちで流す涙もあると知った時、その涙が生きる力になる」――新聞より――

温かい涙の数だけ、人は強くなれる。そう母さんが教えてくれました。母さんへの思いとありがとうを、ここに綴ったら、なぜだろう、温かい涙が流れてきました。ああ、これが生きる力になるんだね。母さんには、いっぱいいっぱいのだいじ（大切）な事を教わりました。

「母さん、ありがとう‼」

あら、やっぱり神様には願い事をするのではなく、感謝をするものなんですね。

私の憧れのお母さんへ

井上　美貴　愛知県

お母さん、私が小さい頃、お母さんは私に色々な話をしてくれたね。

お母さんが十一歳の時、大好きだった格好良くて自慢のお父さんが結核で亡くなった事、伊勢湾台風に遭って大切な写真や思い出の物も全て流されてしまった事、おばあちゃんが女手一つで営んでいた食堂を、一生懸命に手伝いながら学校へ通った事、生活が苦しくて可愛がっていた犬をどうしても手放さなければならなくなった事、保健所の車に乗せられて行く愛犬の寂しそうな瞳を見て涙が流れて止まらなかった事……お母さんから聞く話はどれも、私には想像のつかない事ばかりで小さいながらもかなり衝撃的だったのを覚えているよ。

そんな中でも、お母さんが少しだけ照れながらお父さんとの馴れ初めを話してくれたね。田舎から出て来て、お母さんの家の食堂の二階に下宿をしていた男の人、その人に見初められてお母さんが高校卒業すると同時に結婚して、お兄ちゃんと私が生まれたって。

とっても若いお母さんは私の自慢。友達もいつも羨ましがっていたよ。私も将来、お母さんみたいに若いお母さんになりたいな……って思ってたな。

でも、若いからこその苦労も多かったね。あの頃のお母さんは、昼間仕事に出て、私達が寝てから夜中にも働きに出ていたね。私達の前ではいつも笑顔でいてくれたけど、あの頃お母さんはいつ寝ていたの？　ちゃんとご飯食べていた？

昼も夜もなく必死で働くお父さんとお母さんをよそに、何故か家には泥棒が三回も入って……。トイレの便座にくっきりと残っていた犯人のスニーカーの跡……家族中で震えたね。家族の大切な物が沢山盗まれてショックなはずなのに、お母さんが私達に毎回必ず言ってくれた言葉、覚えてる？　鍵っ子だった私達兄妹。「あなた達が泥棒と鉢合わせしなくて本当に良かった。あなた達の命が取られなくて本当に良かった。みんなが無事で本当に良かった」って。凄く嬉しかったし、愛されていることを実感できる言葉だったよ。

お母さんは、こんなに沢山の苦労の中で強い心を持てるようになったの？　前向きな気持ちを持てるようになったの？

お母さんはいつも前向きで決して弱音を吐かなくて、いつでも〝ドン〟と構えていて……。私はそんなお母さんを尊敬していたし、憧れてもいて……〝家にはお母さんがいるから大丈夫！　お母さんに任せておけば大丈夫‼〟っていう安心感がいつもあったよ。一家の大黒柱はお父さん……でも実はお母さんなんじゃないかと思っていたよ（笑）。

私はお父さんに似て、すごく神経質で内気で、おまけに人見知り……何でもやる前から心配したり悩んだりして夜も眠れなかったり、ご飯が喉を通らなかったりしたね。そんな時には必ずお母さんが「そんな先の事を今から考えてても仕方ないじゃん。ぐちぐち考えていたって、なるようにしかならないんだから。なるようになるんだから」って言って励ましてくれたね。お母さんのこの言葉、私は今までの人生の中で何百回聞いただろう？今でも悩んだり、壁にぶち当たるとお母さんのこの言葉を思い出して〝悩んでも仕方ない。なるようにしかならないんだから〟って自分に言い聞かせてるよ。それと同時に、お母さんの前向きさ、強い心に憧れると共に〝あ～、こんな歳になってもお母さんには何一つ敵わないな……〟って思う。

私が二十二歳の時に、お父さんの反対を押し切って無理矢理結婚したでしょ。お父さんが反対した理由、お母さん知ってる？　お父さん、こう言ったんだよ。「お母さんがあんたの歳にはもう立派な大人だった。この人に任せておけば子供達も良い子に育つって思えた。でも、あんたはお母さんと違って未熟だし、大人になりきれていない」って。

私は自分でも十分過ぎるくらい分かっていたよ。お母さんには敵わないって。お父さんも、私と同じことを思っていたんだよね。その時には本当に〝母は偉大で、私には越えられないな……〟って思ったよ。

結局、お父さんが心配していた通り、私は結婚五年で、生後間もない息子を連れて離婚。

不安で不安で途方に暮れていた私に、お母さんの喝が飛んだね。「あなたは人の親になったんでしょ。母親になったんでしょ。母親はね、強くないとダメなんだって‼」って。

お母さんは、私達兄妹のこともそういう思いで、必死で育ててきてくれたんだって改めて思ったよ。そして私もこのままじゃいけないって、前へ進んでいかないといけないって思うことができたよ。

しばらくして仕事に復帰した私に「子供を育てていくのは本当に大変なこと。でも、一生懸命に頑張っていれば、その頑張りを見ててくれる人が必ずいるはずだよ。そう思って精一杯やりなさいね」って励ましてくれたね。そのお母さんの言葉通り、必死で頑張る私を見初めてくれた人と再婚する事になった時、お母さんが一番喜んでくれたね。〝ほら、お母さんが言った通りだったでしょっ〟って言わんばかりに(笑)。

いつもいつも、悩んだ時も辛い時も、嬉しい時も楽しい時も私に寄り添ってくれたお母さん。私を励まして導いて、味方でいてくれたお母さん。感謝っていう一言では伝えきれないな。

でもね、そんな偉大なお母さんが、一度だけ、小さく見えた時があったな……。それはお母さんのお母さん、そう、おばあちゃんが亡くなった時。お母さんは、おばあちゃんが火葬炉に入れられるところを見ることが出来なくて、首を振って私の息子をギュッと抱きしめながら、必死に声を殺して泣いていたね。肩を震わせて泣くお母さんの背中がとても小さく見えたな。私にとっては偉大なお母さん。でもおばあちゃんにとっては可愛い可愛い娘で、そしておばあちゃんは、お母さんにとっても凄く偉大な母だったんだな……って。お母さんに何も言葉をかけてあげられない自分がとても歯がゆくて。お母さんはいつも私に沢山の言葉をくれるのに、私はお母さんに何もしてあげられてない……って。

お母さん、私が小さい頃から思っていたことがあってね。これは、お母さんに話したことがないんだけど……。

私がもし、お母さんの子供じゃなくて、お母さんと私が同級生だったら……。っていう話。そしたら私は、同級生でもお母さんとは友達になれてなかったと思う。どうしてだと思う?

それは、お母さんはきっとクラスの中でも目立つ存在。クラス委員タイプ。私にとっては憧れの存在で気安く話しかけられる人じゃないんじゃないかなって。いつも遠くから、尊敬の眼差しで見つめているだけの人のような気がして。だからこそ、私はお母さんと同級生じゃなくて良かったって思うし、お母さんの娘として生まれてくることができて本当に幸せだと思ってる。

お母さん。私のお母さんでいてくれて本当にありがとう。

お母さんには敵わないし、お母さんを越えることはできない私だけど、お母さんに教わった事、お母さんが私の為に言ってくれた数えきれない沢山の言葉を胸に、これからも私なりの前向きさで頑張っていくね。
お母さんが元気なうちに恩返ししたいな……。女二人旅にも行きたいな……。
だからお母さん！　まだまだ元気でいてね。
私の大好きな、憧れの……偉大なお母さんへ……

美貴より

また逢える日まで

解析　佑太　京都府

工場で夜勤をしていた午後8時頃だったと記憶しています。

僕の背筋を悪寒が通り抜けて行きました。

それは今まで経験をした事の無い、物凄い衝撃でした。

辺りを見渡しても何も変わった様子も無かったので、その時は特に気にもせず、そのまま仕事を続けていました。

次の日の朝、家に帰るといつもと少し雰囲気が違っていました。僕は店先に座る兄に話しかけました。「なんで1人だけなん?」僕の質問に兄はこう言いました。

「オカンが倒れた」

くも膜下出血。手術の必要あり、成功率は2割ほど、成功したとしても意識は恐らくもう戻る事は無いだろう。

病院から戻ってきた父の言葉を聞いても僕は信じられなかった。

昨日のあの衝撃はこれだったのだと何故、すぐ気付かなかったんや。

病院で手術が終わるまでの長い時間を待合室で僕はずっと考えていた。

なんで直ぐに分からなかった、昨日は普通にしていたやないか、おかしいやん。

助かって欲しい。ホンマにそう願った。

そうすれば、もっと肩ももんであげるのに、もっとやさしくしてあげるのに、もっと良い子でいるのに、そう思った。

もう一回だけでいいから話がしたい。

たったそれだけやねん。

けど、それは叶わへんかった。

きっと、僕のせいや。もっともっと親孝行出来たはずやのに、せえへんかったから、オカンは怒って行ってしもたんや。

墓参りする度に、後悔と申し訳なさで、涙が出てきてまともに話も出来へん。

いつまでもクヨクヨしていた。

あれからもう、15年になる。

僕も嫁を貰って、子供も二人授かった。

子供の顔が、たまにオカンに似ててビックリする事も有るけど、今では笑っていられる。

所帯を持つと、ホンマにいろんな事を勉強させてくれる。特に子供って凄い。

けど、子供達は、たまに僕とどう接したらいいのか分からないみたいで、話をしていても表情を曇らせる時が有る。

そんな時僕は、自分の気持ちを伝える。

「お父さんは、お前達が大好きや」

それを聞いた子供達は、涙を流して喜んでいた。多分、安心したんだろうと思う。

甘えられる内は甘えさせよう、そう考えている。だって、いつ逢えへんようになるか分からへんから。伝えられる事は、今、伝えよう。

けど、この子達が大人になって、どんな人と結婚して、どんな家庭を築くのか、それは見てみたいな、やっぱり。

オカンもそうやったと思う。憶測やけど。

僕の事が心配で、けど楽しみで、気になってたんやと思えるようになった。

僕が仕事してるトコを見て安心して逝ったんやと。そうに違いない。

根拠はなんにも無いけど、僕は又、オカンに逢える、そんな気がしている。

僕が死んだ後か、生まれ変わった時か、それは分からへんけど。

オカンにもう一度会えたその時は、子供達に言った言葉を送ろうと思う。

「オカン、好きやで」

オカンは、なんて言うてくれるやろ。

拝啓　お母さん。

園部　勝之　大阪府

拝啓　お母さん。

三年間ずっと毎日おいしいご飯を作ってくれて、本当にありがとう。毎日おいしくいただいています。お母さんのおかげで高等部三年間をほとんど休まず、元気に学校に通うことができました。

さて学年末試験も終わり、いよいよ卒業式が近づいてきました。

高等部の三年間、僕は勉強と部活動に頑張ってきました。特に部活動では、一月の末に行われた近畿盲学校の卓球大会に向けて、週三回の練習にはほとんど欠かさず参加してきました。残念ながら、個人戦ではいい成績を残せなかったけれど、部としては団体で五年連続優勝という快挙を果たしました。

試合になると緊張してしまって、とうとう初戦で勝つことはできなかったけれど、練習試合では一年のときと比べると、大分上達してきたなあと自分では思います。

入部当初は同じ練習ばかりが続いて、いやになって辞めようかと思ったこともあったけれど、辞めないで続けてきてよかった、と今はしみじみ思います。

六年前、僕が交通事故にあい、全身打撲と失明という重症を負ったとき、お母さん、あなたは、毎日のように家から遠い病院まで電車に乗って来てくれましたね。僕はお母さんが来てくれるのを楽しみにしていました。僕の前ではいつも明るくしていたけれど、帰るときはいつも泣いていたと、退院してしばらくしてからお母さんに聞いて、僕は驚きました。僕には一度も泣き顔を見せたことがなかったからです。

僕がお母さんを一番困らせ、疲れさせたのは、退院して、リハビリも終え、学校に戻ることになったときです。退院して半年経ったころ、お母さんは僕に視覚支援学校に行くことを勧めてくれました。入院している頃から、視覚支援学校の先生が時々来てくれて、視力トレーニングなどをしてくれていました。お母さんも新聞で読んだ視覚障害者の記事を僕に何度か読んでくれたりしましたね。たぶん僕に視覚支援学校のことをもっと知ってほしいと思っていたのでしょう。

けれども、あのときの僕はどうしても元の中学校に戻りたいという気持ちを抑えることができませんでした。だから僕はお母さんの希望を押しのけ、頑として元の中学校に戻りました。

元いた中学校は前の僕なら歩いて十五分ほどで行ける距離にありましたが、視力もなくなり、左手と左足に麻痺の残った僕には一人で通うことなどできません。お母さんに手引き歩行をしてもらって、片道三十分以上かかってようやく学校に着く毎日でした。リハビリを兼ねてという名目があったものの、毎日手を引いて通っていくのはどれだけ大変だったか、申し訳ない気持ちでいっぱいです。

けれども僕は巡回に来てくれていた視覚支援学校の先生から視力トレーニングを受けていくうちに、視覚支援学校に通えばもっと見えるようになるかもしれないという希望を持つようになっていきました。視覚支援学校に行くことを決心した最大の理由でした。

初めは盲学校になかなか慣れなくて、荒れたこともあったけれど、今となっては、色々な先生や友達と仲良くなれて、来てよかったと思います。三年間とても楽しい学校生活を送ることができ、いい思い出もたくさんできました。

お母さんはその三年間、毎日スクールバスまで送り迎えしてくれて、本当にありがとう。しかも週末にはいつもどこかに連れて行ってくれましたね。仕事で疲れているのは分かっていたけれど、僕はいつも楽しみでした。なかでも週末に卓球に行ったとき、お母さんとした対戦はとても楽しかったです。

それなのに僕はそんなお母さんに甘えて、服を着替えるとき、左手が不自由な僕が着替えにくい状態で置いてあると、よく文句を言いました。文句を言い過ぎてお母さんを怒らせたときは、本当に悪いことをしたなあと、後でいつも深く反省しています。本当にごめんなさい。

毎日働いているお母さんの楽しみは、年に何回か、僕が学校の宿泊行事で家にいないとき、近場を旅行することでしたね。この間は京都に観光に行って、すごいよかったと言っていたのを聞いて、僕も嬉しくなりました。

僕が高校を卒業しても、そういう時間をどんどんつくって、楽しんでください。

お母さんはいつも明るく、一緒にいると、毎日がとても楽しいです。時には怒られることもあるけど、それは僕のためだと思うと、お母さんはやっぱり優しいなあと思います。

お母さんもだんだん年を取ってきたけど、これからもよろしくお願いします。

敬具

三月吉日

園部勝之

母上様

そっとそばにいてくれる母へ

矢代　恵利　福井県

私が母親になることができ、二児の母として生活できているのは、生まれた時から愛情たっぷりに育ててくれた母のお陰だ。

私は、今から十年前に当然無事に生まれてくるだろうと疑いもしなかった出産で、出産時における医療事故という思いがけない出来事により、長女を亡くすことになった。長女は「新生児重症仮死」という病名で、百十三日を懸命に生き抜いた。その百十三日という時間は、今振り返ってみればあっという間だったようにも思うが、当時は一分一秒が危機迫る時間であり、長女の一生分の時間のように長く感じた。

病院での午前一回、午後一回の面会の記憶は、今でも鮮明によみがえってくる。その記憶の中で、十年の時を経てどうしようもなくこみ上げてくる想いがある。それは、産後の私の身体を労り、そっとそばにいてくれた母の存在であり、当時の私も大きな愛に包まれていたということである。

うまく表現できないが、当時私は必要以上にきちんと生活していた。長女を看ていただいているベビーセンターのスタッフの方には笑顔で出来るだけ接するように心がけ、いつも感謝の気持ちを伝えた。しかし、納得いかないことも多く、そういう時にはとことん話し合う時間をつくってもらった。面会時間を大幅に超えてしまうことも頻繁にあった。常に話し合いは私と医師、看護師であり、夫も親も参加しなかった。私の長女に対する思いが強かったこともあり、自分にしかわからない、どうしたらよいか選択するのは私……などという、誰も入る余地のない状況にしてしまっていたのだと思う。一生懸命母親としてやっている、なぜ自分だけが辛いのか、さまざまな思いがあった。しかし、当時の私は依怙地になっている自分を見せることなく、毎日気丈な母親を演じあげていた。

当時から、この十年自分以外に目を向けることもなかったが、子育てをする日々の中で、当時の母の存在を考えるようになった。

自分のことで必死だった私の全てを見抜いており、行動してくれていたに違いない。私以上に辛かったに違いない。私への世間の風当たりを母が受けてくれていたに違いない。そして、私の母にしかできない深い愛で私を包んでくれたことに十年という時間を経て気づかされた。

母は、「出産おめでとう」と声をかけてくれた。

母は、どんなに遅い時間でも、真っ暗の病院のロビーで座っていてくれた。

母は、私が食べなくても、いつも「わかめおにぎり」を作ってくれていた。

母は、泣いている私の背中をずっとさすってくれていた。

母は、病院と実家は遠いにもかかわらず、緊急の連絡が病院から入ると私の次に病院に駆けつけてくれた。

母は、長女が生きて百日目を迎えることができた日には、赤飯を炊いて病院のスタッフに持ってきてくれた。

母は、「お母さんお腹空いているから何か食べにいこうか」といつも誘ってくれた。

母は、仕事や自分の生活より私の病院通いに比重をおいてくれていた。

母は、長かった髪をばっさり切った。

母は、いつもおしゃれでいてくれた。


母は、長女が亡くなってから、病院に通っていた道は通れないと話していたことがあった。そして、母は私に「あなたが母親になれて良かった。もう出産が怖くて子供を諦めるのではないかと、常に不安だった。どうしてもそれだけは……、そこから救ってやりたかった。本当に良かった」と話してくれた。

私は、この十年たくさんの優しさを、美味しいご飯を、気遣いを、母からもらっていた。

そっとそばにいてくれて心強かった。安心できた。あたたかかった。

私も、あなたみたいな愛情で子どもたちと向き合って、どんなに困難なことがあっても立ち向かえる、芯の強い、おしゃれな母親になりたい。

「お空から見守っていてくれる孫がいる。笑いあえる孫がいる。こんな幸せなお婆ちゃんにしてくれて、ありがとうね」この言葉を私にくれて、ありがとう。

そっとそばにいてくれたことに、感謝。

お母さん、ありがとう

中武　千佐子　宮崎県

「お母さんは、あんたをそんな子にするために産んだんじゃない」

中学生で、反抗期にあった私が口答えした時に、母が口にした言葉だ。それを聞くとほぼ同時に、

「産んでくれと頼んだ覚えはない！」

と、言い放った私。しかし、言い終わると同時にはっとした。いくら腹が立っても言ってはならない言葉だと思っていたのに。

私は昭和十五年九月六日、台湾の台北市、古亭町で生まれたと、戸籍謄本に記されている。父は、宮崎師範学校を卒業して教師になり、数年経って遠戚に当たる女性と結婚した。それが私の母だ。

父は長男で、きょうだいが多く、祖父が教師をしていたが、金銭的には苦しかったようだ。そこで、少しでも給料のよかった台湾へ渡り、弟妹への送金を続けようとしたらしい。

その当時の台湾は、日本により統治が行われていて、日本人の学校、台湾人の学校に、勤務していた。

私は、一人っ子として可愛がられて過ごした。七段飾りのおひな様の前に座っての記念写真、台湾神社にお参りした時の写真などが、今も手元に残っている。

ある日、母は、私を抱いて台北の市場を歩いていた。その時に、「オクサン、キスアルヨ、オイシイヨ」と、現地の人に呼びかけられ、振り向いたときに、バナナの皮を踏んで滑って転んだ。が、母は私を高く抱き上げて私は無事だったという話をしてくれた。

私は今でこそ病気一つせずに過ごしているが、幼いときは病弱で、すぐおなかをこわしたり熱を出したりして母を悩ませた。それもあり、神社によくお参りして私の健康を祈ったというのだった。母が、特に私の健康に気を付け、祈ったのには、重大な意味があったのだが、当時の私には知る由もないことであった。

昭和二十年八月十五日、日本は第二次世界大戦の敗戦国となり、台湾にいた日本人は本土に引き揚げることになった。

貨物船の船底で、雑魚寝状態ながら広島の大竹港に着いた。二十一年三月のことだ。港にはチラチラと雪が舞っていた。初めて雪を見た私は、「これなあに」と母に尋ね、「雪だよ」と教えられ、絵本の中でしか知らなかった雪を掌に載せて喜んでいたと母から聞いている。

広島から九州、そして宮崎県の両親の故郷へ向かい、祖父母の家に落ち着いた。そこには、満州から引き揚げてきた叔父の家族も後から加わった。どのくらいの間そこに世話になっていたか記憶にないのだが、それぞれの家族が次々に自分の生活の場へと別れていった。

戦後の生活もようやく安定し、父も再び教職に就き県内の小学校に勤めた。母は、専業主婦として、衣食について心配りをしていた。技芸学校を出ていたので、特に和裁、洋裁は得意だった。布地が配給になることが分かると店に並び、買い求めて来て、私のためにブラウス、スカート、ワンピースなどを手縫いで作ってくれた。仮縫いをして私に着せ、細かいところを工夫して完成させるのだ。私は友達から「いいなあ、可愛いのが着られて」と羨ましがられたのを覚えている。

母のお手製のワンピースが、一枚だけ残してあった。それは、小学二年生の学芸会にまつわる思い出でもある。私は、スカートにフリルが段になって付いていて、「だんだん服」と呼ばれるワンピースを着て踊ることになった。その服は、ある人が貸してくれることになっていた。ところが急に、貸してもらえなくなり、私は泣き出すし、母は慌てた。そしてどこからか落下傘用の布を手に入れ、二晩ほどで縫い上げてくれたのである。

当日私は、それを着て踊り、学芸会は無事終わった。母が走り回って布地を見つけ、夜なべして手縫いしてくれたワンピースは、ダンスの出来と同様に満足いくものだった。その時の写真を見ると、他の人より少し貧弱に見える服だが、私にとっては母の愛がこもった最高のものである。

数年前、実家の箪笥の中に菓子箱に入ったその服を見つけた。箱には〈川南小・千佐子学芸会にて〉と書いてあった。布は黄色に変色していたが、私は箱から出して胸元に当て、小学生の時のようにふりを付け踊った。と同時に母にとっても思い出の品だったのだと胸が熱くなった。

私は、二、三年ごとの父の転勤と共に転校を繰り返して、地元の大学へ進学した。そして昭和三十八年から、公立学校の教師になった。大学時代は、学食で済ませられたが、就職と同時に自炊だった。学校近くの農家の一室を借り、廊下にプロパンガスコンロを置いて食事作りをすることになった。といっても出来るものは限られている。手っ取り早く、炒めもの、サラダ、焼き魚、それらの繰り返しだった。

しかし、母の教えがここでも役立った。母は、全て自分で調理していたが、

「千佐ちゃん、やらなくてもいいから見てなさい」

と言う人だった。料理に限らず、下駄の鼻緒をすげ替える時も、すぐそばに呼んだ。見ているだけではなく、やらされたのは縫い物だった。高校生の時、家庭科で袷を縫わされた。授業中にかろうじて指定された箇所を縫って持ち帰ると、母が、見せてごらんと言う。包みから出すと、暫く眺めていたが、あるところの糸を引っ張るや否や、スーッと

抜いてしまった。びっくりする私を目にしながら、

「これじゃあ駄目、縫い直しなさい」

母の専門分野であったので、見過ごせなかったということらしい。私は、顔をしかめ、頬を膨らませながらも縫い直したのだった。

私は、就職して二年目が過ぎた頃、職場結婚をすることになった。ただ、私が一人っ子だったので、相手は婿養子になって中武家を継いでもらうことが条件だった。その後一男一女に恵まれ、安定した生活が続いていった。

ところが、昭和五十四年思いがけないことが起こった。それは父の弟、つまり叔父の死がきっかけだった。父と二人で行った葬儀の場で、柩の蓋を閉める時、叔父の娘、つまり従妹から、

「千佐ちゃん、お父さんって呼んでやって」

と突然言われたのだ。その場では何か引っかかりながらも後ずさり、尋ねることも出来なかった。しかし、数日後、「私はどこからか貰われてきたのかなあ」と別の従姉に尋ねて、つい先日亡くなった叔父の娘であるという事実を知った。いとこだと思ってきた人達が皆きょうだいだったのだ。青天の霹靂とはこういう時に使う言葉なのだろう。

少し落ち着くと、今まで三十九年間に起こった色々なことが、事実に裏打ちされて鮮やかに浮かんできた。母は、私が叔父の家に遊びに行くのを嫌がった。また、私が出産を控

えてお産に関して尋ねると、昔のことだからと曖昧な答え方しかしなかった。ああ、そうだったのか。だから母は……。

母は、自分に子供ができず、中武の家を守るために、台湾から満州へ出向き、父の弟の所から私を貰ったのだ。母は、どれだけ肩身の狭い思いをしただろうか。貰った私を大事に育てて、跡継ぎにすることが母の使命だと思っていたに違いない。そして大切に、可愛がって育ててくれたのだ。

そんな事とはつゆ知らず、「産んでくれと頼んだ覚えはない」などと言い放った私。私は自分が事実を知ったことを隠して八年後に両親を見送った。

「お母さん、事実を知ったのに言わずにごめんなさい。そして、育ててくれてありがとう」

様々な顔を持つあなたへ

木内　美由紀　兵庫県

お母さん、おかん、キクエさん、時と場合により様々な顔を持つあなたに、感謝の気持ちを込めてペンを執っています。

お母さん、四十八年前、突然の心臓発作で父が他界し、あなたは女手ひとつで兄と私を育ててくれました。国鉄職員だった父が勤めていた同じ駅の売店で、早朝から夜遅くまで必死で働いていましたね。当時幼稚園児だった私は、そんなあなたの苦労が分かるはずもなく、あなたが仕事に行かないように、毎晩あなたの手と私の手を紐で結んで眠りましたね。でも翌朝目を覚ますと、あなたの温かい手は冷たい人形の手にすり替わっていたのです。私は悲しくて、人形を床に叩きつけ、近所中に響き渡るような大声で泣き叫び、中学生の兄を困らせました。そしてついにあの事件を起こしてしまったのです。

暑い夏のある日、私は幼稚園の帰り、集団の列を抜け出し、駅まで一目散に走り、列車に乗って三駅離れたあなたが働く駅の売店まで行きましたね。顔見知りの優しい駅員さんが改札を通してくれたのです。汗と涙でぐしょぐしょになった顔をして列車から降りてきた私を見て驚いたあなたは、私をギュッと抱きしめてくれました。あなたの仕事の終わりを待ちくたびれた私は、売店の横に置かれた段ボール箱の中で、捨て犬と一緒に眠ってしまいましたね。横を通る人々が笑いながら箱を覗き込む姿をあなたはどんな気持ちで見ていたのでしょうか。この件は、後日園長先生の耳に入り「幼稚園脱走事件」として評判になりましたね。私は一人で列車に乗ることを禁止され、周囲に固く心を閉ざしてしまいました。

ある日曜日、あなたはとびきりの笑顔で兄と私の手を引いて駅まで行き、ホームにしばらく立っていましたね。私はあなたの手をしっかり握り嬉しそうにアイスクリームを舐めていたのを覚えています。突然、兄が何かに怯えたように大声で泣き叫び、あなたの手を離そうとしましたが、あなたは普段見せたことのない怖い般若のような顔で兄と私の手を強く強く握っていました。そう、あなたは兄と私を連れて天国の父の所に行こうとしたのですね。「この列車に飛び込めば父ちゃんに会える。以前のように家族四人で一緒にいられる」そう思ったのですね。勘の鋭い兄は、あなたのただならぬ気配を察し必死で抵抗したのですね。列車が到着する少し前にあなたは思い止まり、兄と私を抱きしめて「ごめんな、ほんまにごめんな」と泣きながら謝り続けていましたね。お母さん、辛かったね。でもあの時思い止まってくれて良かったです。兄も私も、あの時のあなたの年齢をはるかに越えましたが、それぞれに家族を持ち、人生を楽しんでいます。あなたにとって初孫の舜が生まれた頃から、あなたは「お母さん」以上に強くたくましい「おかん」になりました。

おかん、舜が幼稚園に入園して初めての参観日の夜、あなたと電話で喧嘩したこと覚えていますか。参観の内容は、紙コップを使ってのロケット作りでした。先生があらかじめ口頭で手順を説明し、園児が考えながら作っていくという、手先の器用さと記憶力も必要な少し高度な内容でした。でも園児達は黙々と作り完成させて、先生に見せに行きました。私はこの時、目が点になりました。舜は一番後ろの席で、紙コップを持ったまま何も作業せずぼんやり座っていたのです。私は心の中で「舜、何してんの？　早く作りなさい」と叫びましたが、舜はじっと紙コップを持ったまま途方に暮れていました。舜以外の全員が完成させて、やっと舜に気付いた先生は「じゃあ、舜くんは残って作ろうね」と言いました。一瞬、教室内の空気が凍りついて、周囲の保護者たちは「やはり一人っ子は甘やかしてるからおっとりしてるわね」と小声で陰口を言っていました。私はいたたまれなくなり教室を飛び出して一目散に帰宅しました。

夕方、居残りして何とか完成させたロケットを持って舜が帰宅しました。怒りがピークに達していた私は、舜の手からロケットを払いのけ、舜の頭を思いきり叩いてしまいました。「何であんたはみんなと同じことが出来へんの？　先生の言うことが分からんのか？この頭は何のためについてるんや！　この耳は何のためについてるんや！」もはや私は母親ではなく、子どもを虐待する悪魔と化していました。舜は大声で泣きながら「お母さん、ごめんなさい。先生の言うこと分からんかった。僕アホやけん、僕アホやけん」と、自分で自分の頭を叩き始めたのです。私は母親が子どもに決して言わせてはいけない言葉を我が子に言わせてしまったのです。理屈では分かっていながら、この時の私は周囲の目や自分のメンツばかりを気にして、本当に傷ついている舜の本心を理解しようとしませんでした。

その夜、私はあなたに電話をして一部始終を話しましたね。黙って聞いていたあなたは最後に笑いながら「それは遺伝や。あんたも図工の成績、相当なもんやったで。遺伝や遺伝」と言いましたね。確かに不器用な私は図工は苦手だったけれど、みんなと同じ作業は出来た。遺伝なんかじゃない。そう思った私は「そんなことない。私はちゃんと出来とった」とあなたを怒鳴りつけて電話をガチャンと切りましたね。

数日後、あなたから一通の手紙が届きました。その中に一枚の画用紙が入っていて、裏に「動物園にて」というタイトルと私の名前が書かれていました。表の絵を見て、私は開いた口がふさがりませんでした。それは、とても動物とは言いがたく、人間のような顔に細長い胴がついていて、そこから足やら手やら分からない物が四本ぶら下がっていました。これは確か私が小学校低学年の頃、動物園で動物をスケッチしたものでした。何の動物を描いたものか全く記憶にありませんが、異星人のような不気味さに、私はその場で笑い転げてしまいました。その時、小さなメモが私の足元にひらりと落ちました。そのメモには、あなたのたどたどしい文字でこう書かれていました。

「間違いなく、遺伝です。息子をギュッと抱きしめてやりなさい。

おかんより」

このメモを見た瞬間、私の笑いは一気に涙へと変わりました。異星人のような絵を抱きしめて笑い泣きをしている異星人のような私を主人は不思議そうな目で見ていました。おかん、その後の私はずい分と寛大になりましたよ。小学校に上がった舜が、母の日に手鏡の裏に描いた私の似顔絵は、髪の毛が三本のオバケのQ太郎でしたが、この手鏡、今でも大切に使っています。おかん、あなたに感服しました。でも、そんな強くてたくましいあなたの誰も知らない意外な一面を私は知っています。

キクエさん、あなたをこう呼ぶのは初めてですね。去年の夏に帰省した時、私は夜中に物音がして目を覚ましました。そっと襖を開けると、あなたは父の仏壇の前に座り、父の遺影に向かってしきりに話しかけていましたね。誰にも弱さを見せず、強くたくましく生きてきたあなたもやはり一人の女性。天国の父に思いきり甘えたい時もあるでしょう。あなたはこうして父に相談していたのですね。私はそっと襖を閉めました。そして初めて知ったのです。こんな静寂に包まれた深い愛があるということを。

お母さん、おかん、キクエさん、遠く離れて暮らしていても、私が人生に躓きそうになった時、あなたの中の誰かが時に優しく時に厳しく私を叱咤激励してくれます。様々な顔を持つあなたは私にとって世界一の母親です。そして私は世界一幸せな娘です。

追伸　桜が咲く頃、帰省します。今年も桜の木の下で、でっかいおにぎり食べようね。

若い母

渡邊　和加子　兵庫県

ガラガラと玄関の引き戸の開く音がした。

二階で寝ていたわたしは、眠い目を細め、枕元のデジタル時計を見た。

緑色の数字が2を刻んでいる。こんな時間にだれだろう。

生暖かい春の空気に包まれた布団から、気だるい体をおこし、壁際のスイッチを押した。

真夜中の訪問者は気味が悪い。靄のかかった薄灯りの足元を気にしながら、そろりそろりと階段を下りていった。

「こんばんは。どっこいしょ」

髪の毛を後ろで饅頭に束ねた母が立っている。

唐草模様の風呂敷包みを背中から上がり框に下ろした。田舎に疎開をしていたころの一張羅、大島紬姿の輪郭がおぼろに光る。その姿は、八十を越えたわたしよりも、化粧気がなくてもはるかに若い。四十にもなっていない母だ。

「まあ、この家がようわかったわねぇ」

驚きの声をあげるわたしに、母は無言で包みを解く。米や大根、南瓜、ジャガイモがごろりと転がりでる。

「いまどき、こんな食べ物、どこにでも売っているのよ。重いのに持ってこなくてよかったのに……」

「いえ、ね、あなたに、この本を読んであげたくてね」

食べ物の下に、数冊のK社の絵本が積み重ねてある。その一番上の『曽我兄弟』を手に持って、わたしに向けた。

「えっ、なんで……」

夢、うつつを彷徨いつつ、ひらひらと薄紙がはがれ、過去へと遡っていく。

『曽我兄弟』といえば、七十数年近く前のことになる。


わたしは、幼稚園に入園したその年の秋、疫痢という病気に罹った。

疫痢は、高熱と腹痛を伴う下痢と嘔吐が激しく、大人の赤痢のことである。感染率、致死率が高く、強制的に避病院（伝染病院）に入院させられる法定伝染病であった。

祖母や、両親は、幼いわたしを避病院に入れるのは可哀相だと、医師と相談し、保健所には届けず、家の離れに隔離したのだ。

わたしは、泊まり込みの看護婦さんと、ふたりきりの何日かを過ごすことになった。

看護婦さんは痩せて小柄な母と違い、見るからに頑丈そうな小母さんだった。母よりもかなり年上に見えた。幼児の看護には慣れていて、安心して任せられると、医師の紹介で、祖母と父は頼んだらしい。

着物の上に、白いエプロンをし、母屋との行き来を断ち、わたしの食事から洗濯、身の回りをかいがいしくこなしてくれた。

彼女は、わたしの病状が少し回復してくると、飽きないようにと、折り紙を折ったり、絵を描いたり、レコードをかけたり、本も、悲しさ、嬉しさなど抑揚をつけて読んでくれた。

『曽我兄弟』のときであった。

五歳の一万と三歳の箱王のふたりのお父さんが狩りの途中で殺される。次のページは、雁の親子が、三羽の子を庇いつつ、カギになりサオになりして、空を飛んでいく。兄弟は、雁でさえ、親子が揃っているのに、自分たちには父親がいないと嘆く場面であった。

わたしは、幼い兄弟が可哀相でたまらない。そして、わたしは、母が傍にきてくれない。母に見捨てられたのだと、寂しさと悲しさで兄弟の境遇と重ね合わせ、声をあげて泣いた。

「小母さんなんかいやや。お母さんに、この本を読んでほしい。お母さんを呼んで……」

彼女の膝から顔を背け、憎たれ口をたたいた。

「病気が治ったら、ずっと、お母さんといっしょにいられるのよ。早く元気になろうね」

優しく慰めてくれるその声すら嫌だった。


このときの我が家は、わたしの上の姉は、生後すぐに病死し、三歳下の妹も、病弱で、母は身重という状態であった。わたしの伝染病が原因で、妹や胎児に影響し、どの子も失い兼ねない、と父と祖母の計らいで、母をわたしの傍につかせなかった、と後で聞く。


「玄関で、立ち話もできないわ。上がって……」

わたしは、母を促し、手をとった。

「ひゃぁ、冷たい手！」

思わず、手を引っ込めた。


「おい、おい。何を唸っとんのや」

隣で寝ていた夫が、肩を揺すった。

「えっ、なに、ゆめ……、夢やったんか」

覚醒定かでない脳裏で、幼い当時と眼の前にいたおぼろに光る母の姿とが交錯する。

母は四十代で他界し、わたしが、結婚したことも知らないし、当然、夫との面識もない。ましてて、この家を知る由もない。なにもかも、豊かな時代に、米や野菜、そして、K社の絵本のひと揃えを背負い、訪ねてきてくれたのだ。わたしは、いま、母の年齢の倍近い。娘もいるし、孫もいる。

看護婦さんは、『曽我兄弟』の本から、母を乞う、わたしの思いをそのまま、伝えていたのであろう。

母には、生死をさまよう、わが子の看病を人任せにしなければならない事情があったにせよ、いつまでも、罪悪感にさいなまれていたと思われる。

聞きわけがなく、看護婦さんにも悪いことをしたが、母にかけた重い負担が胸にくる。

枕に熱いものが広がっていく。

母にかけた親不孝は、この一点だけではない。折りに触れ、母の亡くなるまで、わがままだった数々が甦る。

「ありがとう」のひとことだけでは感謝の気持ちは言い尽くせない。だが、「ありがとう」としか言葉がでてこない。いや、どんな言葉を並べても、気持ちを伝える母はもういない。

最期の「アホ!」

乾　泰信　大阪府

「アホ!」これがお袋の最期の一言だった。まさか、息を引き取ろうとしているお袋が、あんな大きな声で私を叱りつけるとは思わなかった。

一年前の三月十六日、私は見舞いの当番だった。お袋の鼻には酸素吸入の管、ベッドの横には点滴の袋が二つばかり吊り下げられていた。いつもと同じ病室の風景だった。

私が「オーイ起きてるかな。今日は随分春めいてきたぞ」と覗き込み声をかけたが、私の名前なんか記憶になく、兄の名前を呼んでいた。そして、眠っているやら起きているやら、時々なんやらムニャムニャ言っていた。私が「なんや」と聞いてもまた静かに寝息をたてて半眼で眠ってしまう。いつもと変わらないお袋だった。

夜の八時過ぎ、看護師が点滴の交換にきた時、簡易ベッドを勧めてくれた。私は断った。この時、簡易ベッドを勧めてくれた意味が分からずにいたんだ。

お袋は、足を摩ってやると喜んでくれた。足裏のあちこちを親指で軽く押してやると気持ち良さそうにムニャムニャ。ふくらはぎに手を回した途端、「アホ！　イ（タイ！）」と怒鳴った。あまりの大きな声に私は驚いた。手に当たったのは、点滴の針だった。「ごめんごめん。こんな大きな声で、アホ！　って言えるんだから、まだまだ長生きできるよ」と冗談の一つも言って病室を後にした。

日付が変わったころ、兄から電話が入った。家族が揃い、お袋は臨終の時を迎えた。「オヤジが早く死んで苦労かけたね」「九十一歳は大往生だ」「家族全員に看取られて幸せ者だ」と口々に涙の声をかけた。

私は言葉が出なかった。看護師が簡易ベッドを勧めてくれたのは、臨終近しというサインだったにちがいない。そんなことも気付かなかったんだ。私が帰った後、お袋は一人で刻一刻近づく死と向き合っていたのだ。寂しかっただろうな。お袋、一緒にいてやれなくてごめんな。親孝行の時間をくれたのに、私はやっぱり最後まで親不孝者だった。

でも、あの時は、言い訳だけど「アホ！」の大声で、本当にまだまだ長生きできると思ったんだ。悪気があって帰ったんじゃないことだけは信じてくれよな。

認知症が進み、我が子の認識もできなくって数年経っていた。私のことをいつも兄の名で呼んでいた。お袋は、私が一番心配かけた若い頃のことしか記憶にないのだろう。最期の「アホ！」は、末っ子の私と分かっていたのだ。子どもの頃から、何回「アホ！」と怒鳴られたことか。

でも、あの最期の「アホ！」はこたえたなあ。

三重県の寒村の寺に、八人兄弟姉妹の次女として生まれ、半ば口減らしで大阪南部の田舎の寺に嫁いできた。四人の子どもに恵まれ幸せそうに見えた。しかし、オヤジは私が生まれた頃、すでに肺結核を患っていた。六年の長きにわたり入院し、私が八歳の夏、帰らぬ人となった。お袋は、少ない檀家や仏事のお布施収入などで生計を立てていた。育ちざかりの子ども四人の生活は、その日の食事もままならなかったにちがいない。

「アホ！」は、子どもの頃の私の代名詞みたいだったなあ。事あるたびに「アホ！」と怒鳴られた。お袋の気持ちも分かるけど、俺にもそれなりの言い分があったのを分かってくれよ。

オヤジの病気感染を恐れて、見舞いに行かせなかったことも分かる。でも私のオヤジの記憶は、今でもたった一枚の遺影の顔だけなんだ。

昭和三十年代になっても、日本はまだ戦後だった。どの家庭も物不足だった。その後、国は所得倍増計画に舵をとり、普通に働けば現金収入が得られる時代となった。そして庶民の生活も大きく変化してきた。冷蔵庫、洗濯機、テレビなどの家電が出回り、日に日に生活が豊かになっていくのが子どもの私にも手に取るように分かった。しかし、私の家はどうか、何の変化もなかった。お袋は汗して働くことをせず、僅かな寺の収入で生活をつないでいた。私は、お袋に〝寺の奥様〟みたいなプライドを感じて嫌だった。

服も鞄も教科書も兄のお下がり、学校の昼休みは家に帰り、朝食の残りの冷飯と味噌汁。遠足も費用がなく休むこともあった。

兄たちは、お袋の苦労を理解できる年齢だったのだろうが、私は理解できないでいた。そして密かに反抗していた。中学校二年生ぐらいから非行の真似事をするようになった。どんな非行をすれば施設に入れるだろうか、真剣に考えたことも何回かあった。中学校卒業後は就職したかった。お金のない惨めな生活から抜け出したかった。

ある日、中学校からお袋が呼び出された。何をしたのか忘れたけど、お袋が先生に謝り、廊下に出てきた時「アホ！　親の苦労も分からんのか」と大声で叱りつけた。帰り道、お袋は何も言わなかったけど、今から思えば、涙を流していたのだろう。

それでも、私は非行の渕を覗いては引き返し、また覗いては引き返ししていた。

お袋は、経済的に苦しくなるとストレスが溜まりイライラしていた。末っ子の私はお袋と一緒にいる時間が長く、愚痴を聞くことがあった。オヤジは「結婚前から病気が分かっていたのに、隠して結婚した。騙された」と。聞くのが辛かったなあ。聞きたくなかったよ。でも、お袋の人間味を感じたような気もした。ずっと後になって分かったのだが、お袋は、オヤジを憎んでいたのではなく、病気を憎んでいたんだと。

お袋は「桜の花は嫌いだ」と言ってたことを覚えている。「ぱっと咲いてぱっと散る桜なんか嫌いだ」と。子ども四人を育て上げる宿命を背負ったお袋は、妻として、母としてのいい時代はほんの一瞬で「苦しきことのみ多かりき」だったにちがいない。一週後の満開の桜を待たずして逝ってしまったのはお袋らしいな。

今日は一周忌。墓前で手を合わせると、最期の「アホ！」が耳の奥から聞こえてきて、知らずと涙が出てくるんだ。

そうそう、そっちで、もうオヤジと出会えたかな。会ったら、女手一つで四人の子ども、立派に育てましたと言ってやれ。オヤジは四十過ぎで逝った。若い時の顔しか覚えてないだろうね。オヤジはもう百歳近いから、若いイケメンを追いかけても会えないよ。「アホ！夫の顔を忘れるほど、ボケてないよ」とお叱りの言葉が返ってきそうだ。

この六月、私に初孫が生まれるんだ。お盆には家族五人で、会いに来るから楽しみに待っててくれよ。

お母さんの宝物

桐谷　久代　広島県

「お母さんがお父さんと一生一緒にいるって決めた日の話をするね」

お母さんがそう切り出したのは、事業で失敗して失踪して、さんざん私たちを心配させたお父さんがすごすごと戻ってきたのを見て、離婚しようと私が強く言ったときだったね。あの時の私は思春期真っ只中の中学生。借金を繰り返すお父さんとなんでお母さんが別れないのか、それだけが不思議だった。お父さんが馬鹿をやるたびに、お母さんは怒りながらでも必ず許して、それから必死で働くんだ。それがどうしてもどうしても理解できなくて、強い言葉でお母さんに詰め寄ったら、お母さん、言ったね。

「お母さん、お父さんがいなかったら今ここにいないのよ」って。

お母さんのお母さんが急に心臓発作で亡くなって、そしたらお兄さんの彼女が家にあがりこんできたこと。お兄さんが何も言わないのをいいことにその人がお財布を握るようになって、通っていた私立の学校をやめさせられて定時制の高校に転校して働き始めたこと。

同じクラスに九州から出てきたばかりのお父さんがいて、友達グループの一人として、でも喋ったことはなかったこと。家に帰るのが嫌で友達の家を泊まり歩く中で年末、どうしても行くところがなかったお母さんがほとんど話したことのないお父さんのアパートのドアを叩いたら、泊まって行っていいよ、って言ってドアを開けてもらったこと。部屋で赤々と燃えていたストーブが、本当に暖かかったこと。

「でもお母さん、そんなの大昔のことじゃない」と私が言ったら、「ううん、お母さんね、その日、お父さんが仕事に出かけた後に、もう生きるのがどうしようもなく辛くなってね、お母さん、お父さんのアパートで死のうとしたの。つきあってるわけでもないし、親切で泊めてくれるって言ったのに、お父さんいい迷惑だよね、帰ってきたら私が血まみれで倒れてるんだもん」お母さんはそう明るく言いながら、左手首の、白くなった長い傷をさすっていたね。

「お父さんね、救急車呼んだり大変だったと思う。病院にもついてきてね。でもね、その後お母さんの意識が戻ってからも、お父さん一回も責めたりしなかった。それどころかね、次の日退院したら、お父さん友達に会うにもお年始に会社の人のところを回るにも、手首に包帯まいたお母さんをタクシーで連れ歩いて、そのたんびに冷やかされたり、変なこと言われたり。それでも嫌な顔一つその人たちにもお母さんにも見せないで。そうやってお正月が過ぎて、何日も、何週間も過ぎて、お母さんそのままお父さんと暮らすようになったの」

　あの時のお母さんの顔は本当に幸せそうで、まるで襖の向こうでいびきをかきながら眠っているお父さんの姿がこちら側からも見えているかのように、優しい顔をしていたのを覚えている。

「辛い時に、お父さんは何にも言わずに黙ってただそばにいてくれた。お母さんね、まだその恩を返せてないの。だから、お父さん以上の男の人なんてこの世にいないのよ」

　そんなお父さんにべた惚れのお母さんだったから、よく冗談で、「お父さんが死んじゃったら生きていけないから先に死にたい」なんて言ってたけど、ちゃんとその通り、私たちを残して急に逝ってしまったね。

　お母さん、お母さんの大好きなお父さんは相変わらずで、時々ほんとに放り出したくなるくらいのダメ爺ちゃんだよ。お母さんが死んだ時に赤ちゃんだった上のお兄ちゃんも今は思春期になって、あの時の私みたいに、「母さん、もう爺ちゃんと一緒に暮らすのよそう」なんて言うようになったけど、でもね、そんな時はこう言うことにしてる。

「お爺ちゃんは、死んだお婆ちゃんの宝物だったから、大切にしないと罰が当たるよ」って。

　去年お父さんが心臓発作で倒れた時ね、どたんって玄関で音がして、床に転がって胸に手を当てたお父さんが何て言ったか、お母さん聞いてた?「お母さんが迎えに来たから、行ってくるね」って。あの時のお父さん、全然辛そうじゃなくって、変に穏やかな顔で。そしたら八時間の大手術の後に麻酔から目が醒めたお父さんたら、「お母さんのお迎えじゃなかった」って残念そうに言うもんだから、皆で泣きながら大笑いしたの、お母さんにも聞こえたかな。

でもねお母さん、お父さんのことお母さんの分まで大切にするから、まだまだお迎えに来ないでいいからね。

お母さんの大事な大事な宝物、ダメ父さんは、今日も、元気です。

ありがとう、お母さん!!　―わたし、元気です―

木村　ふみ子　長野県

母上さま

突然に、そして初めてのおたよりをいたします。お別れして早くも五十六年という月日が流れていますね。いかがお過ごしでしょうか。

「かあちゃん」「おかあちゃん」「お母さん」、幼い日の私はあなたのことをどう呼んでいたのでしょうか。思い出せません。甘えていただろう記憶も残っていません。

私が十六歳の誕生日を迎えてまもなく旅立っていかれましたね。結核で長い闘病生活をしたままの四十歳でした。

昭和二十年の終戦となった夏の終わりに、その三ヶ月前、軍医として召集されていた父が戦病死し、埼玉県の診療所を閉めたあなたは、四歳になったばかりの私と一歳の弟との三人で山梨県のあなたの実家に向かっていましたね。

秋の気配の感じられる田舎道を、月明かりの下あなたは弟を背負い、首から左右に荷物を振り分け、片方の手には手提げ袋を持ち、もう一方の手に幼い私の手を握りしめ引きずるようにして歩いていたと思います。

今想えば、バスの終点から十四、五キロのだらだらとした上り坂の石ころ道でした。風に揺れるとうもろこしの葉音だけが聞こえていましたね。そのざわざわと鳴る葉音だけが、なぜか今も私の耳に残っているのですよ。

幼い私たち二人を田舎の祖父母に預けると、あなたはすぐに上京し、看護婦として働きながら、助産婦と保健婦の資格を取るための勉強をしていたそうですね。

資格を取ったあなたがいつ田舎に戻ってきたのか私には覚えがありません。何回かあなたの働く診療所を覗きに行ってすぐに帰されていたと思います。

夕方や夜になって産気づいた妊婦さんの家に、自転車も使えない山道を歩いて出掛けるあなたの後ろ姿だけが、不思議に私の心に残っています。

そんな日も短かったのでしょう。あなたはいつの間にか家の離れ部屋に寝ており、私と弟の入室は禁じられていましたね。

結核になっていたのだとずうっとあとに知りました。

その頃、小さな私の足では三十分から一時間もかかる田舎道を、村のお医者さんに薬を受け取りに行ったり、隣の集落にある牛を飼っている伯母の家に、しぼりたての牛乳をもらいにも行っていましたね。当時父の遺族恩給がまだもらえず、生活保護を受けていた病身のあなたに代わって、なぜか恥ずかしい思いで村役場に保護費を受け取りにも行き、子供なりに頑張っていたのだと思います。

そんな私がたった一度あなたに反発したことを覚えていますよ。それは小学校二、三年生頃の三学期の終業式の日でした。優等賞と努力賞が学年で一人ずつ表彰されたのですが、優等賞でなかったと言って、私を叱ったあなたの手からその賞状をもぎ取り、ビリビリに裂いて部屋の中に放り出したことがありましたね。私のただ一度だけの反抗だったと思います。

やがてあなたは隣町の大きな病院に入院しましたが、そこでもやはり面会は許されませんでしたね。家の庭に咲いた山茶花の花を持って訪ねても、看護婦さんに預けるだけでした。

私が中学三年生の春、長野県で独り住まいの父方の祖母の家に転居することになり、あなたを訪ねることも学校の長期休みの時だけになりました。弟の修治はそのまま山梨の祖父母のもとに残ったので、姉弟別れ別れとなり、その寂しさにも耐えて一生懸命に勉強していました。

私が長野に来て希望高校にも合格したその秋に、あなたの病状は急変し、そのまま旅立ってしまいましたね。

「お母さん」とも呼べず「ありがとう」とも言えず、でもなぜか涙も出ませんでした。

ただ必死に勉強し、奨学金とアルバイトで短大にも通い教員資格も取ったのですよ。

あなたが逝って二十年ほどたったある日、郵便局から一通の書類が、結婚して姓も変わっている私のもとに届けられました。昭和三十年頃の三千円ほどの積立貯金でした。(注)長年入院中のあなたにとっては、そのお金をどんなにか倹しい思いで貯めていたことでしょうか。はじめてあなたを身近に感じて、とめどなく涙が溢れました。

「ごめんなさい」あなたを想い出すことを心に封じていたのです。

極端なまでに私たち子供を近づけなかったあなたは、祖父母に「子供たちだけは健康な身体でいて欲しい」と言い続け、面会もさせなかったのだそうですね。おかげで私たちは結核に感染することもなく、風邪さえひかない丈夫な身体に成長していました。

でもあなたが私たちを遠ざけたのは病気のためだけだったのですか。

物心ついた私の記憶のなかに、あなたの姿はほとんど残っていないのです。あなたと撮った写真も、埼玉の家の庭で父とあなたと二歳ぐらいの私がちょこんと立っているセピア色の小さなスナップ写真一枚だけです。小学校の入学式も、卒業式の記念の写真もありませんでしたよね。

当時不治の病と言われた結核になってしまい、すでに死を覚悟したあなたの姉弟たちが親を亡くした悲しみや寂しさから、早く立ち直れるための厳しさだったのでしょうか。

七十歳を過ぎた私は、祖父とあなた方姉妹がことさらに文学好きで、文才にも秀でていたと聞き、あなたを通じて私の身体のなかにもその血が流れていて欲しいものだと、今になってその可能性を探し求め、挑戦してみたいと思いはじめています。

あなたより三十余年長く生きられ、今なお新たなことに立ち向かえる勇気を与えてくれたあなた、「お母さん」に改めて感謝したい気持ちになっています。

ありがとうございました、お母さん。私はこんなに元気です。七十歳を越えても、テニスもゴルフもやっているのですよ。

いつの日か、あなたよりおばあちゃんになっている娘の私は、若いお母さんと逢える日を楽しみにしながら、もうしばらくこちらで頑張ってみますね。

お父さんと仲良く待っていてくださいね。

ではまた便りが書けることを願いながら。

かしこ

（注）貯金通帳の出し入れが二十年間ない場合、本人もしくは遺族に通知する

生きる力を与えてくれた母へ

吉田　勝彦　大阪府

私は昭和18年に小学校に入学した。戦争のために、1年生に入学して、すぐに父の故郷の広島の能美島、江田島のある島に3歳上の兄と疎開した。父の姉の伯母さんが面倒をみてくれた。昭和20年6月1日の大阪の空襲で母は亡くなった。戦争が終わって2年生の終わり頃に大阪へ帰ってきた。大阪駅のホームに父が迎えに来てくれた。父は、私達に、新しい母が改札の所に迎えに来ているので会ったら「お母さん」と言うように言われた。

顔も知らない人に「お母さん」と言えるかとまどった。大阪駅の西口の改札の所に新しい母が待っていた。私は父に言われたように「お母さん」と言った。複雑な気持ちだったが、母は大変喜んでくれた。兄は言えなかった。母は、とても優しくしてくれた。幼いながら、死んだ母はもどってこないのだから、新しい母と生きていこうと思った。兄は死んだ母のことが頭から離れなかったようだった。

父は戦前は建築の大きな仕事をしていたが戦争で妻を亡くして、戦後は自分で建築の仕事をしていた。当時は職人さんも朝、6時頃には来る。朝、私達も5時に起きた。私と兄は家の前の掃除をして近所の水まきをした。家の掃除、ふき掃除は私達の分担だった。母は5時前に起きて、職人や私達の食事の準備、父は職人の対応をしていた。家族皆が仕事を分担していた。母から、いろんなことを教えられた。靴下、ハンカチは自分で洗うこと。家事もよくした。自分の事は自分でやるように教えられた。当時はマキで、ご飯を炊いていた。マキを作るのは私達の仕事。

父の仕事の手伝いもよくした。古いミシンがあり、ミシンのかけ方も教えてもらった。裁縫、アイロンがけ、料理の手伝いなど、自分で何でもするように教えられた。戦後は食べ物もなく、食べたくない物もあったが、いやな物も腹がへったら食べられると言って厳しくされた。こんな育て方をされたので、私達は好き嫌いはない。我が家では親に甘えることはなかった。自分のことは自分でするように厳しく教えられた。

父は正直で仕事はとても信用があり、他人には優しく配慮するのに家族の者には気くばりがなかった。母は父のために良くしていた。母が父に、いいことを言っているのに、母の言うことを聞かず厳しく当たることがよくあった。子ども心にも父のそんな態度は嫌だった。母が、かわいそうだった。母は厳しいが私達に良くしてくれた。特に、私は母が好きで、何でも、よく話をして、いろんなことを教えてもらった。私は母に「僕、大きくなって結婚したら、嫁さんとはケンカしない」と母に言ったのを憶えている。母とは気持ちが通じあって育てられた。

母は体が強くなかった。私の結婚式の前にも体調が悪かった。結婚式に出ないように言ったが「私は死んでもいいから、お前の結婚式には出る」と言って式に出た。式が終わって私達を旅行に送り出してから倒れ救急車で入院した。一年後に亡くなった。幼い時から厳しく育ててもらったお陰で、本当に生きていく力をつけてもらった。だから、どんな時でも困ることがなかった。教師になり、多くの子ども達を育てるのにも、大きな力を出せたのだと思う。

私は結婚して守ってきたこと、それはお互いを尊重して「干渉しないで生きていこう」を守り通してきた。結婚して47年になるが、妻とケンカをしていない。これは母と幼い時に約束したことである。母との約束は一生守り通そうと思っている。自分の人生をふりかえって、母が幼い時から厳しく愛情をもって教えてくれた、あらゆる事が立派に生きている。幸せに生きてこられたのは、生きる力をつけてくれた母のお陰と思い「ありがとう」といつも感謝している。

一八〇〇日の春風

臼木　巍　愛知県

六畳一間のわが家に、母が悄然と座っていた。父も下の三人の兄弟も留守だった。私は夕刊の新聞配達に出かける支度をしていた。

母のいつもの優しい笑みが消えていた。あまりにも突然のことだった。すっかり疲労し切った寂しい表情で私を見つめ「たかしちゃん、一緒に死んでくれる?」と言った。思い詰めたような声で、決して冗談に聞こえなかった。真剣さがあった。母のそれまでの生き方を充分に見続けてきた私は、この苦労が雲散霧消してくれればとの思いが常にあった。母の決然とした言葉に、素直に頷いた。

しばらくの間呆然と私を凝視していた母は自らの言葉に驚いたのか、あまりの淡白な返事に驚愕したのか、夢から醒めたように突如、抱きついてきた。力の限り抱きしめた。母の体は温かかった。胸の鼓動が伝わった。泣いていた。肩を震わせ声を出して泣いていた。今までの思いを洗い流すような母の涙だった。死を漠然と意識した一三歳の時だった。

その前日の寝静まった深夜に「明日食べるお米がないの」と言う母の切羽詰まった小さな声を、私は布団の中で聞いた。定職に就けぬ父はただ無言でいた。それが返事だった。家計の状態は知っていたが、あまりの事実に愕然とした。朝刊の配達に出る早朝の四時まで母の声が耳に残り、一睡もできずに震えているばかりだった。私が母のために出来ることはもうなかった。そして翌日、あの母の決意の言葉を、私は聞いたのだった……。

母の人生は苦労ばかりが道連れだった。私は終戦直前に満州で生まれた。引き揚げて来てからは安住の地がなかった。一〇カ所もの引越しの地で安堵と安らぎの訪れることはなく、生活は常に不安定なものばかりだった。流浪の旅はわが家にいつも寄り添っていた。

景気に陰りの見えた北海道の炭鉱は、六年で三度も倒産閉山の不運に見舞われた。挙句、札幌に出てきてから三年余り経過しても、父に定職は見つからずにいた。詮方なく追われるように、一縷の望みをかけ知人を頼り横浜へ、しかし父はそれでも定職に就くことができなかった。困窮の生活の底も抜けていた。母はいつもじっと耐えていたが、どんな時でも笑みだけは決して絶やさぬ優しさがあった。それはわが家のたった一つの幸せでもあった。

六畳一間の切ない生活はそのことがあってから、華奢な体の母の懸命な働きで脱したが、無理を承知の働きが、思いもよらぬ結果につながることは知る術もなかった。

兆候もなく母が倒れた。二度目だった。過労で体力はもう我慢の限界を超えていた。横浜に来ても慣れぬ北海道の厳冬生活の九年間は、九州育ちの母の体を蝕んでいた。今度は入院手術が必要だった。胃癌で三分の一を摘出した。父は何故かこの事実を最後まで、誰にも明かすことがなかった。退院後は度々寝込むことが多くなった。そんな母の姿を目にするのは辛いことだった。

母はこの手術後からしきりに自分の家に住みたいと、結婚前からの夢を口にするようになった。長い流浪から来る生活が神経をずたずたに苛んでいた。精神の防波堤は切れかかっていた。母の発する不思議な変化を何かしら強く感じた。急ぐことが必要だった。今までに苦労をかけた恩返しの意味で、横浜市内に中古の小さな家を無謀にも似た計画で契約した。私に出来る精一杯のことだった。母五七歳、私三一歳の時だった。

契約の日、母の人生で一番に歓喜した姿があった。「生きていて良かった、ありがとう」の言葉を何度も繰り返し、夢のようねと幾度もつぶやいていた。目頭を真っ赤に潤ませ、これが出る言葉の全てだった。遅すぎた人並みの幸福があった。優しい笑みがまた戻ってきた。しかし私には遠方への転勤があった。

『自分の家』に住むようになって、母の体力も少しは回復した。人生でやっと手にした安住の地に、気持ちにも余裕が生まれたのだろう。小さな庭に四季の花を幾つも大切に育てて愛でていた。満ち足りた幸せがあった。

母からは沢山の手紙が送られてきた。仕事の都合で遠くに離れている私に、母でなければ書けない、溢れるほどの思いの丈を書き送ってくれた。滲んだ文字は涙の跡、思わずもらい泣きしたこともあったが、母のありがたさに感謝した。

九八通目の手紙が届いた。いつものように家族の様子が細かく書かれていた。末尾に少しだけの「明日から一カ月くらい入院します。どうか心配しないで下さい。お酒はほどほどにね」とある短い文に、母らしい気遣いがあった。これが最後の手紙になった。

思ってもいなかった。重篤の体で入院前日に、自分の病状を察知していたかのように、便箋二枚に最後の力を絞り書いていたのだ。それからわずか二三日後に母は逝った。ステージⅢの大腸癌だった。六二歳のあまりにも短過ぎる人生だった。

『自分の家』で静かに布団に横たわる母に、私は堪えきれずに抱きついた。母さんと何度も叫んで顔に額を押し付けた。肩で息をしながら泣いた。小さな冷たくなった母の手を握りしめた。この手で私達を育ててくれたのかと思うと、感極まった。涙が母の顔に幾つも落ちていた。あの日、六畳一間の家で母が私に言った言葉が、頭をよぎった。

神が微笑んだ母への幸せの時間は、わずかの五年間でしかなかった。そして九八通目の母からの手紙に、返事は今になっても出せないでいる。ありがとう母さん、と便箋いっぱいに書いてみたかった。母の優しい笑顔が浮かぶ。

母の贈り物

齋藤　裕美　千葉県

三月になり梅が満開、蕗のとうが庭に顔を出す。待ち焦がれた春。久し振りに会った福井に住む妹が、

「お姉ちゃん、お母さんに似てきたね」

という。朝、鏡を見て、どきっとする。そこには、目が大きく、眉が細く、笑うと母そっくりの私の顔がある。子供の頃は、父親似と家族にいわれた。何度も鏡の中の顔を見ると、七十年近く母の近くで生活したことが似た原因かもしれないと思う。母との思い出は、私の成長と共に浮かぶ。

幼児期の母の記憶は、負ぶさって上野動物園にでかけたこと。母が家の工場の手伝いをしていて、私は、大黒柱に帯ひもで括りつけられる。私は、帯ひもを解き、階段を這って仕事場へ行き、何度でもひもを解き、動きまわり育児が大変だったと思う。工場は、父の弟達と母の両親の家内工業で、家事と育児で忙しい毎日を過ごしていた。

戦争が激しくなり祖母、母、私の三人は千葉に疎開する。田舎の生活は、食料を求め、着物や洋服を持ち、祖母と母は農家に行く。子供の私に少しでも栄養のあるものを食べさせるため、頭を下げ、頼み込んだ毎日である。畑も借りて、芋、大根、南瓜、ジャガ芋、茄子と次々に、畑仕事に精を出す。私も小さなバケツで、水かけをしたことを覚えている。畑仕事は不慣れで、不揃いの作物が多かった。家族の努力で私は、空腹の記憶はない。

疎開先では、手持ちのミシンが農家の人々の衣類を縫い、母の縁で、農家の人々が仲間として迎え入れてくれるようになる。食料も確保でき、少しずつ田舎の生活にも慣れてくる。子供の私は、苦労もなく日々の生活を楽しんでいたが、タンスの中の衣類は、どんどんなくなっていく。母は、いつも明るく笑っていた。私は安心して過ごしていた。

戦争が終わり、父も復員してくる。東京の工場も焼け、千葉で生活することになる。父は東京の会社へ通勤、母はミシンの内職で家計を助ける。仕事の合間に、私の洋服を手作りしてくれる。ワンピース、コート、セーター、ズボン、手袋、カバン……等。

母の得意分野の絵は、戦後で児童用の教科書がない私のため、学校に行き教科書を借りて、文字も挿絵もそっくりの教科書を一週間かけて作ってくれる。一番の宝物だった教科書は、茂原市を襲った竜巻の被害で紛失してしまう。母は、「勉強しなさい」とは一言も言わない。勉強の環境を整えてくれ、無言のうちに、励ましてくれた。当時の家計の苦しい中で、珠算教室、ピアノ教室に通わせてくれる。沢山の本に囲まれた生活もあり、私が教師になったのも、母の影響のように思う。

やがて妹が生まれ、母から「お姉ちゃん」と呼ばれ、記憶の中で名前を呼ばれたことがないことに気づく。ある時、母に、

「なぜ、私は『お姉ちゃん』なの」

「赤ちゃんの時は、『ひろちゃん』よ。妹が生まれ、長女のあなたは、『お姉ちゃん』だから」

納得したけれど、ちょっと寂しい気持ちになったことを、今もよく思い出す。

その後、父母は、六人の子育てが始まる。祖父母も加わり大家族である。賑やかな生活は、楽しさだけではない。「まあちゃん」が肺炎で亡くなる。その時の母の表情が、今も鮮明に思い出される。

「ペニシリンが、手に入れば……」

と言った母の言葉が……忘れられない。

私が高校に入学した年、母は会社勤めを始める。独身時代、デパートに勤務していた母は、三十代半ばでも、子供から見ても美しく感じた。子育ては祖父母が担当し、父母が二人揃って駅へ向かう姿を、私は毎日見送る。将来結婚したら、両親のような生活をしたいと思う。

幸せだった日々も、私が高校三年十二月、父が突然亡くなり、母の孤軍奮闘の毎日にな

る。会社から帰り、自宅で和裁の内職、昼夜の仕事の連続である。子供達は、今それぞれ希望を実現して、幸せな生活をしている。その陰で、母は七十歳まで仕事に就き、子供達を育ててあげてくれる。

私は結婚して母の近くに住み、五十年近く母との交流を持つ。経済的に少しお手伝いしたり、母の話を聞く役目をしている。母は、いつも私に言う。

「お姉ちゃん、少し神経質だから、もう少し気にしないほうがいいと思う」

私は母に、長生きしてほしいので、食事や散歩のことなどさりげなく話すと、決まって反論する。

「もう、この年だから、好きなことをして、好きな物を食べて、過ごしたいから……」

と笑って、いやなものは食べない。

七十歳から、本格的に川柳、墨絵、はり絵、詩吟、書道を始める。川柳は雑誌に投稿し、駅の待合室に展示されたりする。墨絵にも熱心に取り組み、その上詩吟にも若い人に交じって行っている。私や娘のために着物を縫い、ゆっくりと休むことのない母の日常生活を思う。

母の元気な声も心に残る。川柳で何か疑問が生じると、すぐ電話をかけてくる。ある時、

「お姉ちゃん、本名で投稿しているけれど、雅号を考えてもらえるかしら」

「イメージとしては、白扇はどうかしら」

「どんな漢字を書くの」

「白とおうぎ。扇子のせんでおうぎ、わかる?」

「わかった。白扇、きれいな響きね。ありがとう。お姉ちゃん、文学の専門家なんだから川柳書いてみたらいいのに」

「私は、駄目よ。世相をうがった風刺なんてとても作れそうにないわ」

「そうかなあ。今度、私の作品見て、批評して頂戴。見ると、『なあんだ、こんなの簡単』と思えるはずよ。川柳の会へお姉ちゃんと行けたら最高なのに、とても残念だわ」

「今度、会誌を見せていただくのを楽しみにしています。ご指導よろしくお願いします」

「お姉ちゃんがいるから、安心して作品作りしているの。辞書を見て考えるのが面倒だから電話するけれど、あなたと話すと川柳がまとまってくるの。また、困ったら電話する。ありがとう」

受話器を置き、母の部屋と母の姿を思いながら、忙しさにかまけて、訪問することを先延ばしにしていたことを申し訳なく思う。

母の一生は、平坦ではない。東京で一人娘として裕福な生活をしていた。戦争で住居を失い、千葉に疎開する。戦地にいる夫の帰りを待ち、生活のために中心となって働き続ける。茂原の竜巻で住居は全壊してしまう。しばらくの間、私の家に同居する。そして遠慮して仮設住宅へ祖母と移動する。その後、家を建て、弟夫婦と同居する。その後一人、ホームへ。建てた家は、道路拡張のため撤去される。考えてみれば、何度も転居の繰り返しである。

母は、八十代で元気なうちにと、ホームに入居する。元気に色々な会に参加する。バスと電車を利用しての外出である。長い勤務で経済的には、困ることはなかったようである。私は、日用品のかさの張るものを持って、母を訪ねる。元気な母を見て、一安心する。私は、長女として弟妹より多くの時間母を独占できた気がする。母の一生は、子供の幸せを願った日々である。経済的にも自立し、六人の子供、十人の孫、五人のひ孫に囲まれた笑顔が、今も忘れられない。

今も洗面所の鏡の前でつぶやく私、

「私、母さんに似てきたように感じます。母さんは、髪はきちんと整えて、いつも素敵な服装でいきいきしていましたね。今の私は、ちょっと一人で落ち込んでいます。今から、母さんの生き方をお手本にします。母さんは、私に、沢山の贈り物をくださいましたね。『白扇』を継げるように、川柳を勉強します。母さんの子供であることを誇りに思って、子供にも恥ずかしくないように……」

恋いて生きこし

藤原　和子　兵庫県

明るくて賢明なりしははそばの母を誇りに恋いて生きこし

母、母の思い出はいっぱいいっぱいある。私の小さい頃は、結婚前の村の娘さん達に和裁を教えていた。ギリシャ神話を読んで星座にあこがれた私に、夏の夜は何時もつきあっていっしょにさがしてくれた。ハレー彗星を見たことも話してくれた。あの頃の星空は、金銀砂子いっぱいで星もくっきり大きく見えた。学校では、参観日があってまだ来る人も稀だった時代、いつも母の笑顔があった。お針子さん達を無事送ってからは、他所の仕立物にきりかえて夜昼なく針を運んでいた姿が今も目にうかぶ。父が母のことを「縫うために生まれてきたような者」と感心していたのを思いだす。そして、兄に音楽の才能があるから音楽学校へやられてはどうですかと師範学校の先生がすすめに来て下さった時、父は、「教師の薄給ではとてもやることは出来ない」と言った。それを聞いていた母は、「私が夜なべを一生懸命しますから何とか」と父を説得したので、兄は上野の音楽学校を受験し合格して行くことが出来た。兄は母が亡くなるまで、心から感謝して大切に接していた。

戦後は、婦人会の会長をしたり皆といっしょに歌ったり踊ったり、皆さんからおばさんおばさんと慕われて幸せそうだった。母自体勉強好きだったから、高齢者になっても少しも変らず、高齢者大学のある加東郡の嬉野に多可郡から仲よし三人で通っていたのをおぼえている。

そんなにしながら、父が勤めをもっていた関係上、田や畠の世話は当然のように母の肩にかかっていた。ある夏の暑い日、たまたま実家を訪れたところ、裏の田圃できっちり身仕度をした母が水田に肥料を撒いているのに出会った。ああ暑いのに大変だなあ偉いなあと胸にしみるものがあった。だが、母は決して愚痴はこぼさなかった。あたりまえのようにふるまっていた。なかでも心に残った一こまは、祖母が高齢で寝込んだ枕もとで、毎朝、新聞を読んであげている姿である。祖母もしっかりした人であったから、新聞を読んでもらうことをたのしみにしていたのだと思う。その姿が私の婚家での舅姑に対する心の手本となって、仕えることが出来たと思う。端正な父、賢明な母、共に長寿で父は九十八歳で亡くなった。その時母が「あなたと四つちがいですから、四年たったら迎えに来て下さいね」なんて言って、私達を苦笑させたのに、四十九日が過ぎた頃から目まいがすると言いだして、診てもらうとあまりよい状態ではないとのことで様子をみることにした。

しばらく経って、兄からの知らせで嫁いだ娘三人かけつけた。その夜は、母が父との思い出をつぎからつぎへしゃべるので、「そんなにしゃべったら疲れるから少し休み」と眠るように言って寝かせたら、その朝方しずかに息を引きとった。もうもうあっけにとられるやら、びっくりするやら。でも後になって、「父も母も仲よしで幸せだったんだ」「私たちもあんな死に方がしたいね」と顔をあわせる度、思い出して話している。母だって苦しいことやなやむことが全くなかったわけではないだろう。しかし、母からくやみ話を聞いたことなど全くなく、又、しずんだ顔や憂うつそうな顔も見たことがない。私は今、満八十九歳。ほんとうにいろいろな教訓を母から得た。おかげで母に似て、心が健やかである。

まわりの皆からもよくしてもらうので、もったいないありがたいの気持ちいっぱいの毎日である。夏が近づくと「うーのはなーの」と歌う母の声が聞こえてきそうである。

因みに実家へ行くたび会う人々から「あんた歳とっての程、お母さんによう似てきてやね」と言われる。それがうれしくて……。お母さん、ありがとう。

魔法使いの母

高田　知代　大阪府

もう六十七年もの時が過ぎた。私、小学校四年生、担任の先生の熱心な御指導のお陰で県の習字コンクールに入選し優秀賞を受けるとの連絡を受けた。

終戦間もない時代、食料品、衣料品は困窮の真っ只中、人々は耐乏の生活が日常だった。

私も初めての晴れがましい授賞式出席だがそこに着てゆくに似つかわしい服など何もなかった。田舎の小さな町での当時の子供達は木綿の上着に絣のもんぺそして下駄、わらぞうりが普段着。手先が器用だった母は、せめてもと紺の絣のもんぺに赤い糸でステッチなどして女の子らしくと気遣ってくれ、同級生らから羨ましがられた。

授賞式の前日、私の枕もとに想像もしなかった美しいワンピースが置かれていた。それは明治生まれの母が嫁ぐ時、親が唯一持たせてくれたたった一着の晴れ着、裾が小花模様の薄紫の大切な着物だった。

自宅で数人の女学生に和裁を教えその少ない収入が召集され父が居ない生活を支えてい

たが、洋裁の知識も経験もない母が、知り合いからいただいてお正月などに着ていたワンピースがサイズが合わなくなっていたものを、丁寧にほどきそれを数センチずつ大きくした型紙をつくり、ミシンなど無かったので手縫いで何日もかけて仕上げてくれた。

胸もとに小花模様が……薄紫の母の大切な着物が大変身したかわいらしいワンピース、私はその時、母は魔法使いだと思った。

早速袖を通し跳ね回ったり、鏡に映したり、まだ寝ている幼い弟を起こして自慢しはしゃいだ事を今でも憶えている。

手づくりワンピースは完成したが靴がない。どうしたらと母の嘆きを知った和裁を習いに来ていた一人の女学生が幼い頃の靴を持ってきてくれた。少し大きかったが靴の中敷をつくって私の足に合わせてくれた。

実は当時私は、病弱な弟ばかりを気遣っているように感じる母に少々不満を感じていたが、こんなにも愛されているんだと心から幸せを感じうれしかった。

無事表彰式を終え母が「おめでとう！　うれしかったよ！」と誉めてくれた。

表彰状を持って写真館での記念写真。当時はまだカラーではなく白黒写真だったが、きれいな薄紫に小花模様の鮮やかな色がはっきり見える。

魔法使いの母が縫った美しい愛のワンピースは七十年近い年月が経っても私には決して色あせることはない。

『お母さん、あの時は本当にありがとう』

義母から学んだ事

濱田　裕美子　兵庫県

淡路島の山々は皆高くなく、どちらかというと丘に近い。その為、山並みは母の乳房のように丸みを帯びて優しく、稜線はなだらかで優美な弧を描いている。麓にはあちらこちらに田畑が点在し、その合間を縫って春には青や黄色、ピンクの小さな花が咲き、秋には金色の稲穂の波を見ることが出来る。この島のほぼ中央に夫の実家がある。

私が初めてここに住む義母に会ったのは、夫と知り合って数ケ月してからの昭和五十二年夏の事だ。その時の義母の印象は鬼瓦とまではいかないが厳ついというのが正直なところで、この手強そうな相手を敵に今から「昼ドラ」ばりの嫁姑バトル勃発かも……と思った。とにかく、夫からの情報では一言で言うと義母は「苦労の人」そのものらしく、特に経済的な問題では大変な思いをしたと言う。しかし私は彼女の口から愚痴っぽい自分の苦労話をほとんど聞いた事がない。もしや、この夫は母親を持ち上げる為にハッタリをかましているのでは……と邪推したくらいである。ただ、私に対して癖のように出る、過去の困窮を感じさせるような言葉はあった。

　この夫の実家には年に数度帰るのだが、時々義母は私を見て深刻な顔つきで聞くのだ。

「ちゃんと、ご飯食べてるか」

「なんで」

「又、痩せたんとちがう。お金足りてるか。食べる物、買われへんのとちがうか」

　どうも義母は息子の給料が少なく、食べ物を買うにも事欠いていると思っているようだ。

　その内、夫の貫禄も増しお腹が少々前に出てきて、義母の心配事も解消するのかと思ったが、私の体格が相変わらず貧相だからなのか、やはり聞くのだ。

「ちゃんと、ご飯食べてるか」

（又か）と思いながら答える。

「私は肥えたら腰痛になるねん」

　こんな遣り取りを数度した記憶がある。

　その義母が長年勤めた仕事の定年を迎える頃、重い病気を発症した。ゆっくりと進行するこの病気に耐え難い思いがあったに違いない。島に帰る度に病状が進んでおり、その事に夫も私も落胆したものだった。結局、義母はこの病気と二十年近く付き合ったことになる。いよいよ歩く事も儘ならなくなり介護施設に入った。

　施設に入った義母の面会に、夫や二人の息子達と一緒に初めて訪れた時の事だ。そこは想像に反して陰気な暗さはなく、通された所は広々とした明るい大きな部屋で、一つのコーナーでは入所している数人の人達がテレビを見て楽しそうにしている。しばらくするとドアが開き、男の職員が車椅子を押してくるのが見えた。この若くて人の良さそうな介護士は邪念の無い笑顔で言った。

「お孫さん達が来てくれはったで」

そこに座る義母を見て言葉が出なかった。以前の元気だった頃の面影が消えていたからだ。既に成人していた長男だが「おばあちゃん……」としか言えず、そのあとに続くはずの「元気にしてた？」といういつもの言葉は出ない。息子達がしゃがんで義母の手を撫でているのが目に入った。私は何かを言わなければと焦り、どうでもよい事を作り笑いで言った。

「お母さん、今日はええ天気やで」

義母は、普段は入っているはずの入れ歯の無い口を少し開けて、本当に嬉しそうにひとりひとりの顔を見上げて笑っている。私に向かって何かを言おうとするので、その口元に耳を当てて聞いた。

「お母さん、何？」

入れ歯がないせいか、病気で言葉が出ないのか、絞り出すような小さな声で言った。

「ちゃんと……ご飯……食べてるか」

私はこの建物に入ってから、義母にどう声をかけようか、どうしたら元気付けられるのかを必死で考えていた。しかしこの言葉でその緊張は氷が溶けるように消え、かわりに目から熱い涙が溢れ出そうになるのを感じた。

「ちゃんと、いっぱい、いっぱい、食べてるよ」

「うん、うん」

義母は安心したように二度小さく頷いた。

この二ケ月後、義母は亡くなった。これが私の、悔いと痛みを伴う義母との最後の思い出だ。

最近よく思う事がある。義母は私の事を嫁というより娘としてみてくれていたのではないか。死ぬ程の苦しい状況の中でさえ、自分より目の前の痩せた娘の方を気遣う母親だったのではないか。私は二人の子供を出産してから今まで、心のどこかで義母のような母親でありたいと思っていた。島に帰り、義母に接し、語る度にその思いは増し、息子達が結婚して姑の立場となった今では特に強くそう思う。私も死んだ後、義母のように周りの人達から「お母さんはみかえりを求めない愛情のある人だった」と言われるであろうか。打算や理屈とは無縁の心の底から湧き出る温かい慈しみが、私の中にもあるのかというと、自信がない。しかしあのだだっ広い部屋で車椅子に座った弱々しい義母の私にかけてくれた言葉が、キラキラと輝く宝物のように、心の中に残っているのは確かだ。そしてこれは一生、私の中から消える事はないだろう。

今年も、義母によく似た夫と島に帰る。実家を護る夫の兄は、いつものように優しい笑顔で迎えてくれるだろう。仏間の位牌に手を合わせ、傍らの窓から遠くのゆったりとした山々を見ると、時々義母は側に居ると感じる。これはなぜだろう。義母は私の子育てに大きい影響を与えてくれており、今でも何かある度に心のどこかで（義母ならどうするだろう）といつも思うからかもしれない。

負けるな！　おかあ

菅原　得雄　岩手県

俺が、うつ病で入院したのは、おととしの夏だった。ちょうど五十歳だった。盛岡でも、真夏日の続く暑い夏だった。

入院している間、おかあは必ず一日おきに、着替えの下着とお菓子を持って、面会に来てくれたよな。

七十歳代半ばのおかあが、上り下りの多い六キロの道を、自転車で往復するのは、ひどく大変なことだったろうな。

晴れた日は、全身から汗を吹き出し、「意識がもうろうとした」と言いながらも、来てくれた。

雨の降る日は、全身ずぶぬれになり「寒い、寒い」と言いながらも、来てくれた。

ビニールで何重にもくるんだ俺の下着だけは、濡れていなかった。

しかし、そんなおかあに、俺は感謝していただろうか？　いいや、親として当たり前のことをしているだけだと思っていたよ。

俺は、本当に馬鹿な親不孝者だよ。

思い返せば、虚弱体質に生まれた俺は、生まれた直後から、おかあに面倒をかけて育った。

生まれてすぐに、骨軟化症にかかった。おかあが、日光浴とビタミンDを飲ませてくれて治してくれた。

次は、扁桃腺炎と小児ぜんそく。熱と咳で、横になると苦しがる俺を、座らせる形で抱きながら、幾晩も過ごしたおかあ。

しかし、やがて小学生になり、健康を得ると、おかあへの感謝の気持ちはどこへやら、好き勝手に生きた。

やがて、俺は大学も出、勤め、結婚する。

そして家の新築。長男だった俺と妻は、親と同居が当たり前だと思っていた。

父を亡くし一人で冷凍食品工場のパートをしていたおかあを、引き取る形で、夫婦、長男、おかあの、四人の生活を始めた。

しかし、六十年住んで、友人・知人の多い気仙沼から、それらのいない盛岡に転居させたことは、よくなかったのではないか、と今でも思う。

そして始まった良好な嫁姑関係も、俺のうつ病、転職の繰り返しで、経済状態の悪化とともに悪くなってくる。

そして、俺は、夢のマイホームを失っただけでなく、破産に追い込まれた。

破産後、家の処分が決まり、退去するまでに、生活の基盤と収入を俺が用意できなければ、離婚すると妻と決めていた。

結局、会社を起こし、起死回生を狙った俺だったが、やはり病に倒れ、事業も破たんし、離婚に至った。

その間もずっと黙って、見守ってくれていたおかあ。

そして、おかあは言う。

「得雄。世界中のすべての人が敵に回っても、私だけは、最後まで得雄の味方だからな」

おかあ、今度は、逆の立場になってしまったな。身体の丈夫なおかあが、がんになってしまった。

大腸が完全に塞がる腸閉塞寸前に、がんが見つかった。

それ以前、五年ほど、おかあは便秘と腹痛に苦しんでいた。

近所の内科を何度となく受診し、エコー検査もしたが、特に異常はないと言われ、便秘薬と痛み止めを貰ってくるだけだった。

見かねた看護師が、胃腸科専門医の紹介をしてくれた。

専門医の、大腸レントゲン検査、大腸内視鏡検査を経て、おかあの大腸がんが発見された。

おかあの診察には、俺は必ず付いていくようにしている。おかあは、医師からのがん宣告は、聞こえなかったようだ。おかあは最近、耳もかなり遠くなった。

気丈なおかあだが、父の「食道がん」の術後がよくなく、結局死に至ってしまっているので、がんに関する恐怖感が強いだろう。

俺はおかあにはあえて、がんを告げなかった。ごく一部の近親者だけに「おかあのがん」を告げていた。

がんの手術といっても、内視鏡を入れるための傷をつける程度で済むので、入院期間も、十日ほどで済んだ。おかあは、腸閉塞を治すための手術だと思っていた。

但し、転移の心配があった。大腸がん手術後、生体検査で、がんはⅢbという、楽観できないレベルであり、リンパ節への転移も見られた。

おかあは、四週飲んでは、二週休む抗がん剤を飲んだ。副作用も湿疹と手の平にひび割れが多少出た程度で大したことはなかった。

しかし、二回目の診察の際、腫瘍マーカーの急上昇が見られ、主治医がＣＴ検査を指示。結果、肺と肝臓に転移が見られた。

その説明の際、おかあは、何かに気付いたのか、

「私がんなの？」

とおびえながら、俺の腕を取った。俺は答えた。

「その可能性のあるところを先生が見つけてくれたんだ。先生の指示通りやれば、がんにならずに済むから、頑張ろうな」

そして、おかあは今、胸に静脈ポートを埋め込んで、二週に五時間プラス四十六時間の点滴の治療を行っている。

冷たいものに触れると、手足がピリピリと針で刺されたような痛みや、頭髪の脱毛などの副作用と闘っている。

しかし、そういう状況の中でもおかあは、いつもと同じで、

「得雄が健康で元気でいるのが一番だ。他には、何もいらない」

と言って、にっこりするだけだ。


おかあ、子どもの頃から五十を過ぎた今日まで、苦労をかけっぱなしで、ごめんなさい。

そして、そんな俺に、一生懸命に尽くしてくれて、ありがとう、本当にありがとう。

おかあ、こんながんなんか乗り越えて、元気で長生きしてくれよな。

母の導き

加藤　恵　東京都

母が死んだ。中秋の名月の早朝、病院のベッドで、宿直の若い医師と数人の看護師だけに見守られ、ひっそりと逝った。

晩年は認知症が進み、体力が落ちて寝たきりになってからは、胃ろうによって生き長らえていた。正しく適切な食事を摂ることで心身ともに健康な身体をつくると、長年教壇で生徒に伝え続けていた本人からしてみれば、いささか不満足な人生の終焉だったのかもしれない。しかし、自分の人生の最後を周囲にゆだねるという難しい宿題をあたえたことで、我々家族はまさにひとつになったのである。

定年間際まで好きな仕事をまっとうし、退職後は、今までできなかった、静かでていねいな暮らしを綴っていた母がおかしいと感じたのは、ほんのちょっとした「あれっ？」からだった。

私の娘たちが、母に手指をつかったゲームを教えていたときのこと。負けず嫌いな母は、小学生の孫にも容赦せず、いつも本気で勝負していたのに、その日に限って何度説明してもルールを覚えられなかった。本人も娘たちも、もたもたしたしぐさに笑っていたが、私はソファの後ろで顔をこわばらせた。これは、いままでの母ではない。

おかしい、認めたくないと思っているうち「あれっ?」という不思議な行動が、たまたまではなくひんぱんになってきたのである。

あれほど気位の高い母が、ほんの少し前にしたことの意識がなくなってしまうのを見た私は、心底悲しく切なかった。病院の門をくぐり正しい診断がくだってもしばらくは受け止められず、美意識が失われた母から目をそらしていた。

私は、こう思う。認知症は、どんなに気をつけていても、誰もがかかりうる病気であるということ。そう信じていかないと、とても引き受けられない病気だった。

病状が進み、いっそう気難しくなった母をあの手この手で説得し、デイサービスに通わせた。母は、長年勤めていた学校に通勤すると思っていたようで、かばんの中にノートやハンカチを入れ、身なりを整えて、かろやかに迎えの車に乗り込んでいた。今ふり返れば、この時期が母にとっても家族にとっても、平安で穏やかな毎日であった。

状況が変わったのは二年半前である。軽い風邪から肺炎になり、入院をするもみるみる足腰が弱り、口からものが食べられなくなった。このままの状態であれば半月ももたないと言う。医師からどうしたいのかと聞かれ、父も妹も私も迷わず胃ろうをお願いした。

本人が元気なうちから、終末医療はこうしてほしいと声高らかに宣言している人は別として、私は、人生の最後は看とる人のものだと思っている。まだ意識もあり、呼びかければかすかに反応していた母と、あのままさよならをするなんて、いったい誰ができようか。

ところが、この選択をした我々は、思いもかけない敵と闘わなければならなくなる。1日に必要な栄養は体内に注入されているものの、咀嚼をしていないためか、あっという間に母の表情は消え、やせ衰えた老人形のようになってしまったのだ。元気だったころの面影などみじんもない母の顔を見るのは、苦しくつらかった。

おいうちをかけたのは、今思い出しただけでも胸が悪くなるのだが、母のごく近い人が「どうせ話しかけてもわからないんだから、もう見舞いには行かない」と言ったことだ。しかも父の前で！

私の二人の娘もそれぞれの思いがあった。次女は、元気な祖母しか認めない一心から、延命治療には猛反対をした。「動けなくなったおばあちゃまは、おばあちゃまでない。たとえこの世からいなくなっても、思い出や気持ちは変わらない」と言いきった。一方長女は「胃ろうをしているおばあちゃまは、かわいそうじゃない。どんな姿になっても、生きていてほしいという願いでこうなったのだから幸せだ」と、泣いた。

そんな周囲のごちゃごちゃをものともせず、母は粛々と生き続ける。朝晩の祈りを捧げようと、命尽きるまで、彼女の右手は十字を切るため左肩に置かれていた。

母は、父と妹と私がとっても弱虫だと知っているので、二年半も自らの身をけずり、自分の死を、我々が受け止められるよう、静かに準備をしてくれたのだろう。そして、バランスのよい食事の大切さを訴え続けていた母が、皮肉にも、たとえ口からものを摂らなくても生きていけるということを、人生最後に全霊で教えてくれたのだ。

母を看て思ったのは、10人患者がいれば十通りの介護・終末医療の選択があるということ。どれが正しくてどれが間違っているというのはない。看ている人たちが、そのときに出した結論が一番だということだ。

悲しいはずの葬式なのに、式の打ち合わせをしたとき、私たち家族は不謹慎ながら飛び上がって喜び、同時に、仕事に夢中だったころの母を思い出し胸が熱くなった。偶然にも司会者は、母が30年ほど前に教えた生徒さんだったのだ。彼女は、卒業後結婚・出産をし、子どもを連れてわが家に遊びに来たという。そのとき母は「仕事は絶対に続けなさい。私のお葬式はあなたに司会をしてもらうからね」と口にしたと言うではないか。

こんなすてきな約束を果たし、さらにこれまでかかった医療費のすべては母の年金でおつりがきた。人生最後の最後まで、父からも妹からも私からも経済的に自立をした母は、なんとかっこいい女性なんだろう!

私はといえば、いまだに朝目覚めると涙で枕が濡れているが、窓を開けてやわらかな日ざしを入れ、布団をたたみ、台所に降りて冷蔵庫をのぞけばお腹がぐうっとなる。体はいつだって正直なのだ。

今、私の手元には、結婚したときに母がもたせてくれた手づくりのレシピ集がある。常備菜や季節の手仕事・おせちに至るまで、子どものころから食卓に随時のぼったなつかしい献立ばかりを、手書きとイラストでまとめたものだ。しかし、煮物などは調味料がすべて適宜と記載され、もらった当初私は、電話で母に「これはレシピじゃない」ともんくを言った。母はケラケラ笑い「普段の料理の調味料は、量って作っていないから書けない」と切り返した。あれから25年以上もたち、もう、レシピにかかりきりでなくてもだいじょうぶになったし、分量のことでひとこともんくを言う母もいなくなった。

すっかりくたびれたこの冊子を開くたび、私は、仕事から帰ってすぐさま夕食の支度に追われた母の、きりりと結んだエプロンの紐の水玉模様やら、じきに鍋からこぼれる甘じょっぱい匂いやら、庭から摘んできたばかりの大葉の清々しい香りなどが、次から次へとこみ上げてくる。

一生分泣いても、私の周りはなんにも変わっていなかった。以前の生活に戻れるように、母が私を導いてくれたのだろう。いつだって母は、私の一歩前にいるのだから。

父のいるふり、母との幸せ

阪井　茉那　東京都

高校二年生くらいまでずっと、友達にはお父さんがいるふりをしていた。何でなんだろう。自分でもよくわからない。みんなと違うのが嫌だったのかもしれない。

学校で友達にお父さんのことを聞かれたら、私はお父さんの話をした。もちろんその場で作った適当な話だ。お母さんはそれを聞くと、軽く「そっか」と言っていたけど、本当は悲しかったのかなぁ。

小学校二、三年生くらいから、だんだんおじいちゃんとおばあちゃんの家に泊まりに行くことが多くなって、何でなんだろうって思っていたけど、それはそれで楽しかったから、あんまり気にしなかった。

そしたら、いつの間にかおじいちゃんとおばあちゃんと同居することになった。お母さんはそれについて私にいろいろ説明してくれたのかもしれないけど、あんまり覚えてない。

きっと理解できていなかったと思う。でも子どもなりに、なんとなく理解したつもりでいた。わかろうとしていた。

おじいちゃんとおばあちゃんとは世代が離れすぎて、ときどき居心地が悪いときもあったし、何でこんなに我慢しなくちゃいけないのって思ったこともある。中学生のときはそれをお父さんとお母さんが離婚したせいにしたこともあった。そういうとき、お母さんは怒った。だけど「うん、うん」って私の話を聞いてくれた。

お母さんは働いていたから、いつも帰ってくるのが遅かった。お弁当はほとんど冷凍食品。夕食のおかずはコンビニやスーパーで買ってくるものが多かった。でも、小学校の学童クラブには毎日必ず迎えに来てくれたし、たまに作ってくれるご飯はすごくおいしかった。

お父さんがいないことが嫌じゃなかったって言ったら嘘になる。でも、お母さんだけなのが嫌だったわけではない。なんか言えなかった。

今は、お父さんがいるふりなんてしない。全然恥ずかしいとも思わない。何でなんだろう。でもたぶん、「お母さんだけ」じゃなくて、「お母さんがいるんだ」って思えるようになったからだ。お母さんがいることが幸せってやっとわかったから。

母の思い出

出口　まさあき　神奈川県

「正明、ね、肩をたたいて」「おねがい」

繕いものをしていた母は、手を休め自分の肩をトントンとたたいている。

母は大変な肩こり性だった。

夕食のあと肩たたきは私の日課になっているので母のうしろにゆき、1、2、3、4……と声を出してたたきはじめた。声を出すと気がまぎれるし調子もでる。2、2、3、4……9、1、0、1、1、1、2と100回を過ぎる頃は手がくたびれにぎる力もなくなってくる。それでおまけのおまけと10回ほど多めにたたいてから、今日はこれでおしまいといって終了宣言をする。

母は笑って「楽になったわ」「ありがとう」といってくれる。

母が喜びもっと楽な方法はないだろうか、ラジオ少年だった私は肩が凝るということは血液がとどこおるのが原因というのを聞いたことがあった。そうか血液の流れを良くすればいいんだ。次の日学校から帰るとすぐに自分の部屋に入り製作にとりかかった。

先ずラジオ用のトランスを使って、振動を起こし振動板とバネを取り付けビスでしっかりと留め、ようやく2日がかりでアンマ機はできあがった。コイルは大丈夫か、配線はまちがっていないだろうか、もう一度確認して私は期待と不安でどきどきしながらコードを差し込み、スイッチを入れた。手製アンマ機は体をふるわせ期待通りに動き静かに振動している。やったー私は思わずさけんでしまった。夕食がすんで、私はアンマ機を持って母のところにいった。

「ね、母さん肩揉んであげるよ」今日は私から声をかけた。「あらっめずらしいわね」

「何かあるのね、でもおねがいするわ」

私はアンマ機のスイッチを入れ母の肩にあてた。

振動は私の手にもつたわって血液の流れが良くなっていくように感じられた。肩こりよとんで行け、どこまでもとんで行け！

「正明、これすごくいいよ」「これあんた一人で作ったの」

「ブーンと毎日かけてくれる？」

「いいとも」私は少し得意になって返事をした。

それからは毎晩ブーンを使ってこりをほぐし、母も嬉しそうで私も楽になった。

やっと素直に言えます。お母さんありがとう

山上　壽恵　大阪府

お母さん。あなたが天国へ旅立って、随分たちますが、そろそろ私も、その年に近づいてきました。よく人は、親を越えられるか、と言われますが、どうも私はあなたを越えられそうにありません。

家庭の事情で中学も満足に行くこともなく父と結婚し、私が生まれたんですよね。生活は大変で、父の収入だけでは、やっていけず、畑仕事、建設労働者、他の家庭の下働き。私が覚えている限り、出来ることは何でもしていたように思います。それなのに、私が、「宿題が分からない」と言えば、夜道を知り合いの勉強を教えてもらえそうな人の所へつれて行ってくれました。今思えば、随分無理をしてくれていたんですよね。でも、その時の私は勉強のできない母と、あなたを軽んじて、ばかにしていました。

畑に行けば、自分の荷物だけではなく、年をとった人の荷物も背負ってあげるものだから、何時も帰りが遅くなる。せっかく内風呂を作ったかと思ったら、障害のある子供を持

った母親に「うちで風呂に入り、私が子供を見ててあげるから」とつれて来る。島を回っている銀行員の人には、暑い時には冷たい水を、寒い日には熱いお茶を。時には、食事まで。それでいて、何の見返りも考えていないあなたに、「何の得にもならんのに、母ちゃんは、ばかや」と、よく言ったものです。

そんなあなたが、私が小一の学芸会で主役をつとめた時、毛糸のパンツを編んでくれましたね。習ったばかりで目は揃わず、おまけに父のセーターの古い物をほどいて作ってあるので、緑と茶色。ブカブカで、ちっとも可愛くありませんでした。今と違い暖房のない中での学芸会。スカートをはく私の為に一生懸命作ってくれたであろうに。私は、それをはくのがいやでした。ただ、ただ、「学芸会に出たくない」と言うしかありませんでした。担任の先生は困り果て、周りの人達に頭をさげるだけの母を見た時、しぶしぶ学芸会に出ることにしたのを思い出します。その時の私は心の中で、「こんな物作って、私にはかせた、お母さんが悪いんや」と思ってました。今、自分がこの年になって母のことを思い出すと、心がチクチク痛みます。

本当の人の値うちと言うものは、学歴でもお金でもなく、その人の生き方そのものだと言うことを、あなたは、私に教えてくれました。ボランティアに精を出している私を空から見ながら、あなたは、今、何を思っているでしょうね。やっぱり私の子供だと思ってくれてますでしょうか。今の私なら素直に言えます。「ありがとうお母さん」と。

母よ、あなたは強かった

甲斐　正樹　宮崎県

あなたとの一番の思い出は、やはり、二人で愛人宅に押し掛けた時のこと。あの時の情景は、今でも鮮明に脳裏に浮かびます。玄関を入ると、家の奥の方に、父と初めて見る女性が正座し、食事をしていました。私は、その様子に違和感を覚えながら、状況はまったく理解出来ていませんでした。まだ、小学校に入る前の、突然の出来事でしたから。

それでも成長するにつれ、男女関係の縺れである事が、薄々分かるようになりました。父の愛人問題で、何より辛かったのは、家庭に笑いが途絶えたことでした。夕暮れ時、隣の家に、ほのぼのとした灯りが点き、明るい家庭団らんの声が聞こえてくると、羨ましくて、口惜しくて、涙が頬を伝いました。

でも、あなたを恨んだことはありません。それどころか、良く耐え忍んだものだと、感謝しています。子供の為に決して離婚はならないという、あの時代の美学に従ったあなたは、偉いと思います。直ぐに離婚という形を選ぶ現代の女性に比べ、明治の女性は、辛抱という言葉を心得ていました。自分のことより、子供の幸せを考えた行動は、いつの時代も大事です。確かに、母である前に、女であり、一人の人間であることは違いありません。しかし、母は先ず母であって欲しいのです。あなたは、深い悲しみに耐え、母としての義務を全うしてくれました。私は、あなたの人生を顧みて、あの時の辛抱は決して無駄ではなかったと、心から信じています。

私を産んだのが、四十八歳の時。超高齢出産です。畑仕事の最中に陣痛が起き、そのまま産院に運ばれて出産したと聞きました。私がお腹に居た時、父が色々と栄養のある食べ物を買って来てくれて、とても優しかったとか。あなたは、嬉しげに何度も話してくれました。私も、幸せな気持ちになれたものです。

それにしても、あなたの一生は、波乱万丈でした。九人兄弟の長女として生まれ、母親代わりに妹や弟の世話をし、子供の時から自分を犠牲にした毎日を送ったこと。やっとの思いで故郷を離れ、素晴らしい男性と巡り合い子供を儲けたのに、親から猛反対され、引き離されたこと。故郷に戻ると、戦時中という事情もあり、同じ町内に住む男性と結ばれ一子を授かったが、再び仲を裂かれてしまったこと。そして、私の父からの強い求婚を受け、私達三人の子供を新たに儲けたこと。

私は、あなたに、女としての逞しさを感じます。そして、情熱的な生きざまに感服します。私が子供だった頃のあなたの印象は、寡黙で優しさが漂うばかりでした。でも、本当のあなたは、燃え盛る女の性を秘め、生きる意味を常に求める、魅力的な人ではなかったかと想像するのです。

ところで、あなたは私が結婚するまで生きていられるか、とても心配していました。だから、私が二十歳になったばかりの嫁をもらい、同居するようになった時は、さぞ夢のようだったと思います。そして、男の子、次に女の子と孫に恵まれ、慕われ可愛がりながら楽しい毎日が過ごせたことは、最上の幸せな時間だったことでしょう。あなたと父との関係も、いつからか力関係がまったく逆転し、優位に立った様子を見て、微笑ましくも安堵の念を抱いていたものです。

あなたは、私によく言っていました。
「お前達は、仲が良くていいね」
私は、いつも返答に困ったものです。何故なら、夫婦円満であることが、子供の幸せに繋がることを、反面教師であるあなた達夫婦から学んでいたからです。男と女の関係は、複雑でややこしく、幼稚で自分中心です。父の愛人問題も、実は、夜の営みに支障のあった事が大きな原因だと思われます。お互いを嫌いになった訳ではなく、愛情表現に行き違いがあっただけなのです。六畳一間に、親子五人が並んで寝ていた時代ですから、拒絶するのも仕方のなかったことです。

私は、子供として、あなたに申し訳ないと思っていることがあります。飛行機に乗せてあげられなかったことです。両足の膝関節が曲がらず、足が伸びたままなので、私の車に乗ることさえ敬遠気味でした。私達が、車で遊びに出掛けようとすると、玄関口で哀しそうな表情をしていました。私は、罪悪感で後ろ髪を引かれたことが幾度かあります。

「死ぬまでに、一度は飛行機に乗ってみたい」

生来、行動的なあなたの唯一の願望でした。八十五歳で父が亡くなり、二年後、あなたは八十八歳で、七夕の日に旅立ちました。飛行機に乗ることは、とうとうありませんでした。車椅子に乗れば搭乗できるのに、頑なに拒みましたね。負けん気の強いあなたにとって、他人の手を借りてまで搭乗することは、プライドが許さなかったのでしょう。

皮肉にも、あなたとの最後の想い出は、飛行機ではなく車椅子での散策でした。自宅から五十メートルほど離れた、湾に面した岩場です。見慣れている湾内の景色ですが、凪いだ海の向こうには、あなたが生まれた、小さな実家が見えます。遠い昔の出来事が、まるで嘘のように思えた瞬間かも知れません。

その時、私はえも言われぬ感情で、心が揺れていました。今まで、あなたに何もしてあげなかった事に気づいたのです。こうして、二人で海を眺めることさえ、ありませんでした。高齢で生まれた子供故に、人一倍の愛情を受けて育った私なのに、恩返しらしい事を何もしていませんでした。言い訳にしかなりませんが、許してください。息子というのは、恥ずかしがり屋なのです。

生きていたら、あなたは百十二歳。私は、もう六十五歳になります。人の一生は、長いようで短いものです。あなたへ手紙を書くなぞ、若ければ出来ないことも、出来るようになりました。でも、まだ呼び寄せないでください。四人の孫の、花嫁姿がどうしても見たいのです。どうぞ、見守っていてください。再会したら、父と三人でゆっくり語り合いましょう。

姑への手紙

広瀬　玲子　福岡県

おかあさんが八十七歳で亡くなられて、もう十二年が過ぎました。

私たち夫婦も今年は後期高齢者の仲間入りです。三人の娘たちもみんな結婚し、孫も高校三年生から三歳まで、六人になりました。

おかあさんの話を、よく、みんなでしていますが、聞こえていますか。

私が結婚して、生まれ育った京都から博多に来て、五十年近い年月が過ぎました。

「遠い所へ行かせて悪いねえ」

おかあさんは、そう言って謝ってくださいましたね。その頃、京都に生まれ育った私たちにとって、博多は遠い、見知らぬ土地でした。でも、既に博多で働いていたあなたの息子の許へ、私はなんのためらいもなく行きました。

あの頃、私たちの新居となった小さなアパートには、まだ電話もテレビもありませんでした。熱が出て病院に行く電車の中で、涙が止まらないこともありました。博多弁も分かりませんでした。それでも一月も過ぎると、近所の年の近い奥さんたちのおしゃべりの輪にも入れるようになりました。

「ほんと、はがゆか」

「どうしようもなか」

必ずと言っていいほど出る話題は姑のことでした。

「でも、私のお姑さんは、優しい人よ」なんて言い出せる雰囲気ではありませんでした。

あれは新婚旅行から帰った翌朝のことでした。

目が覚めて母屋に行くと、味噌汁の香りが部屋に満ちていて、お膳の上には卵焼きや青菜のお浸しが並んでいました。それをいただいてから、私は何を手伝っていいか分かりませんでした。

「拭き掃除をしよう」

庭に出てバケツに水をいっぱい汲みました。

「あんたはそんな重たい物を持ったらあかん」

バケツを持ち上げようとした時、外に出て来たおかあさんは、あわてて息子の名を呼ばれましたね。

あの日から重い物は何でも夫が持っています。買い物に行っても、旅行に行っても、

「だっておかあさんに言われたもん」

と言うと、夫はまんざらでもない顔で持ってくれます。

夏休みに帰省するとお兄さんの家族も帰っていました。可愛い六組のサンダルが玄関にそろえてありました。掛け布団には真っ白なカバーが縫い付けてありました。一度、縫い針が一本付いたままになっていて、大騒ぎになったことがありましたね。

今、思えば、おかあさんは夜も寝ないで十枚もの布団にカバーを縫い付けて、私たちが帰るのを待っていてくださったのでしょう。


夫が四十歳の夏、左の目が突然見えなくなりました。即、入院でした。

「もしもし」

受話器の向こうのおかあさんの声を聞いたとたんに、私はしゃくりあげて話せなくなりました。

「もしもし」「もしもし」

おかあさんの声は聞こえました。でもどうしても声が出ませんでした。受話器を置いては、ダイヤルを回し、ベルの音に受話器を取り上げ、何度も何度も同じことを繰り返し、ようやく「勉さんの目が……」と言うことができました。

次の日、チャイムの音に戸を開けると、おかあさんが……。

おかあさんは、それまで何度勧めても「そんな遠い所なんて」と言って一度も博多に来られませんでしたね。新幹線だって初めてでしたね。博多駅から、福岡市の外れにある私たちの家まで、どのようにしてたどり着かれたのでしょう。

おかあさんは、そのまま病院に行って、床に薄い布団を敷いて、二週間付き添ってくださいました。

右の目が網膜はく離をおこしていました。

左の目は、子供の頃の怪我で、視力がほとんどありませんでした。

「手術が成功しなかったら、どうしようかと思った」

おかあさんは、あの時、涙をぬぐいながら言われましたね。

あの頃、おかあさんは、七十歳に近かったのではないでしょうか。

思い出すのはおかあさんに申し訳ないことばかり……。

でも楽しい思い出もいっぱいあります。

私たちは、みんなおかあさんが大好きでした。

何度も何度も京都まで会いに行きました。

娘たちは大学生になっても、「おばあちゃん」って抱きついていましたね。

六人の孫のうち、二人が男の子です。

息子がいない私にはなれませんでしたが、娘たちはきっと、おかあさんのように「優しいお姑さん」になると思います。

おかあさん、本当にありがとうございました。

さよならおかあちゃん、さよならオッパイ

鈴木　もと子　愛知県

ねえ、おかあちゃん。今年も庭の桜の花がもうすぐ咲くよ。日本人はどうして桜の花が好きか知ってる？　それはね、満開のままパッと散ってしまうからだって。おかあちゃんの人生みたいだね。

あのね、おかあちゃん、驚かないでね。私、乳癌だったんだよ。おかあちゃんの看病している時にわかったの。おかあちゃんに言おうと思ってて、どうしても言えなかった。だって、弟の三千夫《ミチオ》が二十一歳という若さで突然、交通事故でこの世を去って、逆縁の悲しみを乗り越えてきたおかあちゃんに、残された私までもが癌だなんて言えなかった。

おかあちゃん、苦労したよね。養女だったしね。麦のように強くて頑張り屋さんだった。小学校の先生してて「いい先生だったよ」ってみんなに言われるほど教育に情熱を注いだね。でも忙しくて、三千夫が生まれた時大変でさ、私はおかあちゃんのオッパイとさよならしておじいちゃんとおばあちゃんに預けられたよね。

私が小一の時におじいちゃんがこの世を去って、それから私は血のつながらないおばあちゃんと二人暮らしだった。六年生の時に家族がみんな一緒に暮らすようになったけど、離れて暮らしていた分、おかあちゃんとなかなか打ち解けられず寂しかったよ。口答えするとよくおとうちゃんに「お前は親を親と思っていない！」と叱られたっけ。そんなことないと思っても、幼い私は自分の心を説明する言葉を持たなかったし、おかあちゃんのオッパイを触った記憶もなくて、甘えたくてもできなかったよ。感謝することがあっても「ありがとう」も言えなかった。お互いに遠慮があったよね。

三千夫が逝ってしまったのは寒い冬だったね。寂しくて一人で寝られなくておとうちゃんとおかあちゃんと家族三人、炬燵の中で足をくっつけあって寝たね。そして私は、五つ年下の良さんと結婚した。息子が帰ってきたみたいだと喜んでくれたね。次の年、まるで三千夫の生まれ変わりのように授かった命を抱きながら、おとうちゃんが言ったよね、「この子は俺の心だ」って。だから、おとうちゃんの名前、英夫の「英」をもらってその心「英心」と名づけたね。

それから次々授かった新しい命達が、おかあちゃんとの絆を温めてくれたね。四人目の康介が生まれてじきにおとうちゃんが逝ってしまってからは、おとうちゃんの分まで四人の孫を可愛がってくれたね。私は自分が寂しい思いをしたぶん、四人の子を一生懸命オッパイで育てて、おかあちゃんも助けてくれて一緒に子育てしてくれたね。そして子ども達がオッパイを離れてから教員免許を取った私を支えてくれて、感謝してるよ。

英心が医者になったことをおかあちゃんは本当に喜んでくれて「英心に脈をとってもらうんだ」といつも嬉しそうだった。おかあちゃんが突然入院した時、英心が別室に私を呼んで「覚悟を決めた方がいい」って言って、ポツリポツリと話してくれたよ。おかあちゃんが末期の肝臓癌であることを。そしてもう手の施しようがないことを。

なぜ気がついてあげられなかったのだろう。ごめんね、おかあちゃん。

英心が「ホスピス予約したよ」と言ったから、長い介護生活が始まるから最後の親孝行をしようと私は教員の仕事をやめようと思ってた。なのに、麦のように強かったおかあちゃんが、満開の桜がパッと散るように逝ってしまった。こんなに早く死ぬほどのことじゃないって英心も言ったんだよ。

なんで？

おかあちゃんは私に世話をかけまい、働いてる私に迷惑かけまいとしたんだよね。

桜の花も散った四月上旬過ぎの夜中。病院から電話があって駆けつけた時、おかあちゃんはまだ静かに息をしていたね。でもそれからほんの数分後、おかあちゃんは「あー」という声を出して……。

あの時おかあちゃんは「ありがとう」と言おうとしていたんだよね？　そして、それきり呼吸は止まった。私の腕の中で、静かな静かな最期だった。私が「おかあちゃんありがとう」と言ったらおかあちゃんの目頭に涙がたまっていた。

聞こえてた？　伝わった？　でないと私、一生、悔いが残る。

英心が、おかあちゃんの望みどおり脈をとってくれたよ。

「午前二時三十五分、ご臨終です」

英心の声は優しく悲しげで静かだったよ。

それから一カ月後、私は乳癌の手術を受けたよ。娘理香子が仕事を休み、手術室の前までついてきてくれた。「身内の方はここまで」と看護師さんが言って、心配そうな娘をおいてガチャンと音を立ててドアが閉まった。振り向くと英心がいたよ。キャップをかぶってまるでどこかで見たことのあるゆるキャラのくまみたいな息子に笑えたよ。麻酔科を選んだわが子とここで繋がった。大手術だったし怖くてとても緊張してて、血圧が２００を超えてしまった私の耳元で英心が「寝とりゃ終わるで」とささやいてくれた。そして麻酔をかけてくれたよ。「麦のように踏まれるほど強くなれ」と言ったおかあちゃんの言葉を思い出しながら私は静かに目を閉じた。

四人の子を育ててくれたオッパイ、ありがとう。さよなら私のオッパイ。


ねえ、おかあちゃん。おかあちゃんがいなくなってからもうすぐ一年が経とうとしています。オッパイが無くなったことよりもおかあちゃんがいなくなったことの方がショックが大きくて立ち直れなかった。学校の仕事から帰ると家にはいつもおかあちゃんがいた。優しく「おかえり」と言ってくれた。それがなくなってからどんなに寂しく辛い日々だったことか。親不孝だった私に罰が当たったんだと思って自分を責めていたよ。そんな時、理香子が言ってくれた。「死は罰ではない。死は何かを教えてくれること」って。実際に東日本大震災を経験した娘だから、多くのことを教えてもらったんだろうね。おかあちゃんが私に教えてくれたことは何？

おかあちゃんの遺品の中に私宛のメモを見つけたよ。

「わたしは、いつも、もと子を誇りに思っていました。わたしの人生に、灯をともし続けてくれてありがとう。お礼をいいます」

おかあちゃん……。もっと早く言ってよ。お互いに、もっと素直になれば良かったね。私の頑張りも親孝行のためだった。けれどもうおとうちゃんもおかあちゃんもいなくなって、私の心にはポッカリと穴が空いて、何もする気がなくなったの。私たち絆が深かったんだね。いなくなってから気づくなんて、バカだね。お互いに求め合っていたのにね。

でも、もうすぐ春がくる。桜の花が今年も咲こうとしています。月日は神様。時の流れが随分私の心を癒してくれました。

そちらの世界はどうですか？　三千夫には会えましたか？　おとうちゃんは元気でしたか？　三人で楽しく暮らしていてくれるなら、それがせめてもの慰め。悲しみも和らぎます。

子ども達のことも書いておくね。知りたいでしょ？

英心は相変わらず忙しそうです。

理香子は私を温泉旅行に連れてってくれて、湯治だって。親孝行な子だよ。根っこ（親）に水をやる生き方をすれば花開くっておかあちゃんの言葉、本当だね。アナウンサーになった理香子の番組を見るのがおかあちゃんはとても楽しみだったよね。東北の放送局の時はネットで少ししか見られなかったから地元の局に来て良かったよね。

剣道が好きだった章太は刑務官になって、おかあちゃんに紹介した女の子と結婚したよ。

康介は、おかあちゃんが「大学に行くのがお前の親孝行だ」と言ったことが心に残ってると言ってるよ。中学の時に始めた津軽三味線で生きていくだなんて大きなこと言ってるよ。

子ども達と話すといつも「おばあちゃんがこう言ってた」って話が弾むよ。四人の子におかあちゃんが伝えてくれたものが残ってて嬉しいです。

私もがんばるよ。それが親孝行だと思うから。麦のように強くなります。大丈夫、私の中には強かったあなたの血が流れてるんだから。おかあちゃんがくれた命を、私らしく最期まで前を向いて歩いていきます。いつかおかあちゃんの側に再び行く日まで。その時は、いつもの笑顔で迎えてね。「おかえり」って。

母へ　あなたを感じて……

星野　博己　京都府

気が付けば、私は五十歳を越えていた。
今さら「お母さん」と呼ぶのは恥ずかしい。

私の母は、
私の十二歳の誕生日のちょうど一週間前に、
交通事故に遭い、この世を去った。
当時、小学六年生の私は腎臓の病気を患い
大きな病院に入院することになった。
母は私を一人にするのは心配と、
家庭を離れ看病に付き添ってくれた。
その入院四日目の昼下がりの出来事だった。

見舞いに来てくれた伯母に私を任せ、
母は、何かの用事で買い物に出た。
その外出の出先で車と不慮の事故に遭った。
そこで母の短い生涯は終わってしまった。
家族が歩み始めた矢先の事だった。
突然の母の死に家の中は混乱し、
六歳だった弟は理解できずに泣き暴れた。
私は家族の悲しみも知らずに入院していた。
「お母さんは忙しくて来られへん」
その言葉を何の疑いもなく信じていた。
歳の暮れ、私にお正月の外泊許可が下りた。
その時、はじめて母の死を知らされた。
厳格な伯父が大粒の涙を流し私に告げた。
「お母さん、死なはったんやで」
母の死を聞かされた時、私は泣かなかった。
その夜は、何故か父が横で寝てくれた。
「ありがとう」「ごめんなさい」

気持ちの整理がつき言えなかった言葉が
見つかると、私に涙が出た。
私は母の愛を知らずに大きくなった。
いや、母の愛を気付けず大きくなった。
中学生になった私に出来る事といえば、
月命日のお参りのお相手をする事だった。
命日の日は、早めに帰り掃除をする。
掃除をしていると何故か涙があふれた。
「どうして」と考えるとイヤになった。
ただ母の事を思えば不思議と我慢できた。
母の墓は私達が住んでいる町が見おろせる
陽当たりのよい山の斜面にある。
春になると墓の周りにタンポポの花が咲く。
いつもは殺風景な墓が少しだけ華やいだ。
まるで母が大切に育てているようで、
タンポポの黄色の花が母のように思えた。
そこから私達を見守ってくれている。

そう思えると寂しい気持ちは和らいだ。

私の人生を振り返って不思議に思うのは、
通った学校も、仕事に就いた先も
母が命を落とした所からそう離れていない事。
そこで出会った人達に色々とお世話になり
不遇な私に優しく温かくしていただけた事。
不思議な縁を感じたのは妻との出会い。
あるアクシデントに見舞われた。
その時、心強く支えてくれたのが妻だった。
私は初めて女性を母の墓参りに誘った。
「この人ですよ。この人と助け合いなさい」
そう導かれたような気がする。
それをきっかけにトントンと話が進んだ。
結婚式場は母が育った比叡山の麓で。
二人の新居も母の墓から望める実家の近くと、
何か筋書があるかのように決まっていった。

まるで母が準備してくれたように。
一番に母を感じたのは結婚式の日。
当日の天気予報は残念な曇りのち雨。
花嫁の晴れ舞台には可哀そうな天気となった。
ところが目覚めてみれば嘘のような快晴の空。
見事に染まった紅葉の比叡の山並みと、
十二月の初冬の穏やかで暖かな日差しが、
二人を祝福してくれているように思えた。
見えない母の姿が式場のどこかにあるようで、
私は涙が止まらなかった。
二人で歩み始めたささやかな家庭に、
新しい小さな命が加わった。
二人の間に授かった娘も明るくよく笑う。
微笑む笑顔に母の面影があるようで。
子供の頃に夢見た小さな家庭を築くことができ、
私は幸せを実感しています。
私が記憶する優しい母の姿は、

小さな弟を膝にのせ絵本を読む姿。
大きな声でご機嫌に本を読む弟を見守る瞳。
童謡のレコードを聞かせ唄ってくれた歌声。
絵が得意な私のために揃えてくれた沢山の絵具。
剣道の試合に応援に駆け付けてくれた声援。
記憶にない写真の中にある母の眼差しに、
あなたの優しさと愛情があふれています。
親となった私には、その思いが伝わります。

私はあなたが望む姿で成長出来たでしょうか。
特に自慢出来る話はありません。
私なりに嘘のない生き方を選んだつもりです。
「懸命にするから応援したくなる」
その言葉が私の支えでした。
私も五十歳を越え今の自分を譬えるなら、
最終コーナーを回り最後のストレートへ。
先頭とは水をあけられている。勝ち目はない。

でも、自分らしく最後まで、ゴールまで。
そう願い完走を目指す。そんな心境かな。
私は、あなたの子供で良かったと思います。
これからも、どうかお守りください。
そして、私が遺り残した一つずつ
片づけていくのを見守っていてください。
いつか、あなた（母）に逢える時、
「よく頑張ったね」と
少しでも褒めてもらえますようにと。

本書は小社が主催したコンテスト『母へのラブレター３』の入賞作品をまとめた書籍です。

人名、地名、日付、その他表記については各執筆者の理解に従いました。

また、執筆者の一部は仮名、掲載は基本的にご応募順とさせていただきました。

母へのラブレター3

2014年11月10日　初版第1刷発行

編　者　「母へのラブレター3」発刊委員会
発行者　瓜谷 綱延
発行所　株式会社文芸社
〒160-0022 東京都新宿区新宿1－10－1
電話 03-5369-3060（編集）
03-5369-2299（販売）

印刷所　図書印刷株式会社

ISBN978-4-286-15594-4